ハズレスキル《草刈り》持ちの
役立たず王女、
気ままに
に
開拓
できちゃい
ました
JN099355
みねバイヤーン
ill. 村上ゆいち

CHARACTERS

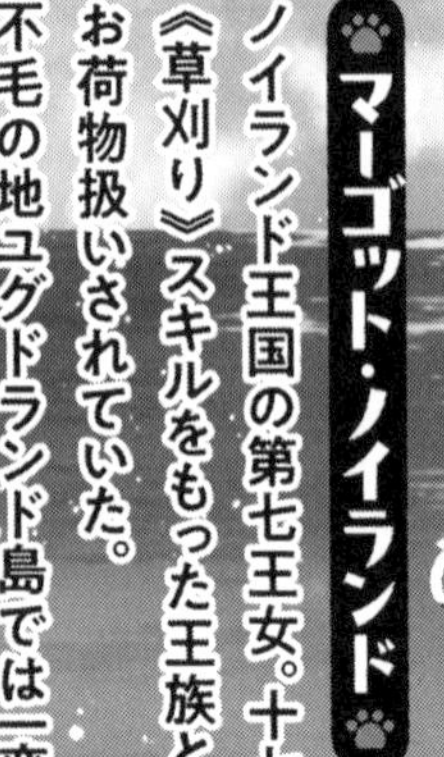

マーゴット・ノイランド

ノイランド王国の第七王女。十七歳。
《草刈り》スキルをもった王族として
お荷物扱いされていた。
不毛の地ユグドランド島では一変、
スキルが重宝され夢のような開拓生活を送る。

ツアール

ユグドランド島の伝説と
されていたお世話猫という
巨大な猫の魔物。
マーゴットに大いに懐く。

トム

マーゴットと親しくしている
平民の庭師。王宮を後にした
マーゴットとともに
ユグドランドで暮らす。

マーティン・ユグドランド

ノイランド本島から
離れた孤島の領主。
不毛の島を開拓しうる希望を
マーゴットに見いだす。

チャンカワンカ

ユグドランドの未開領域で
出会った不思議な妖精たち。
マーゴットを主と認め、
富と魔法をもたらす。

「草刈りスキルですが、なにか？」

栄えあるノイランド王国の第七王女マーゴット・ノイランド、十七歳。愛用の巨大な草刈りハサミを持ってすごんでいる。

艶やかな金色の髪に夏空のような青い瞳。ほっそりした体躯。どこから見ても美少女なのだが。スキルが残念すぎ、行動が突飛すぎ、王族とは思えない言動の数々。すっかり王族のお荷物扱いである。

数いる王族と高位貴族からは冷たい目で見られているマーゴットだが。王宮で働く下級貴族や平民からは絶大な人気を得ている。

王族なのに気さく、偉ぶらない、美人。何より、働き者と評判だ。王女なのに。

第七王女マーゴット、王宮の草刈りを生業としている。日の出とともに、巨大な草刈りハサミで雑草を刈りまくる。マーゴットの歩いた後は、ぺんぺん草も生えないと言われている。

肥沃な土壌に恵まれた王都は、雑草の成長も著しい。油断するとあっという間に密林に飲み込まれそうになる。相当数の人員が、雑草との戦いに明け暮れていた。

「マーゴット様がスキルを発動されるまでは、毎日大変でした」

「抜いても抜いても、翌朝になったらまた元通り」

「昨日きれいにした庭園が、翌朝にはボウボウで」

「俺の仕事って、なんなんだろうなーって思ってました」

「花のお手入れどころじゃないんですよ。その前に草刈り」

マーゴットが草刈りハサミでチョキチョキすると、しばらく雑草が生えてこないのだ。庭師たちは、庭を美しくする作業、花の手入れに取りかかれる。マーゴットが泥臭い仕事をこなしてくれるので、最も楽しいご褒美のお仕事に専念できる庭師たち。それはもう、マーゴットに心酔する。王族に虐げられていると聞くと、腹が立つってもんだ。王宮で働く下位貴族と平民の間で、「マーゴット様を守り隊」がひそかに設立されていたりもする。


そんな風に、マーゴットがせっせと草を刈り、王宮の人々がその雄姿を愛でているとき、新国王が立った。覇王スキル持ちのフィリップが王位を継承したのだ。

フィリップの覇王スキルはすさまじい。フィリップのスキルで、反乱分子は一掃され、王国を悩ませていた魔物は鳴りをひそめた。

前王マクシミリアンは博愛スキルの持ち主。マクシミリアンの元で、民はのびのびと平穏に暮らしていたのだが。

新国王フィリップは頭脳明晰で有能。覇王スキル持ちゆえか、苛烈な性格だ。なまじ有能なだけに、効率の悪い無駄を嫌う。周囲は選び抜かれた精鋭揃い。フィリップの周りには、常に張り詰めた空気が漂う。

「フィリップ、国には無駄が必要だ。息苦しい場所では民は幸せになれない。清すぎる川では魚が住めないのと同じだ」

前王マクシミリアンは、ふたりだけの晩餐の場でフィリップをたしなめる。フィリップは無表情のまま、二つ目のパンに手を伸ばした。上品な手つきで小さくちぎり、口に運ぶ。ゆっくり咀嚼すると、香ばしさが口いっぱいに広がる。フィリップは二つ目のパンを食べ終わってから、ようやく口を開く。

「お言葉ですが、父上。茹でガエルというお言葉をご存じないのでしょうか。ぬるま湯にひたっていると、いざ熱湯になっても逃げ遅れ、茹で上がってしまう。私はこの国が、ぬるま湯のカエル状態なのではないかと、危惧しているのです」

マクシミリアンはもの言いたげな目でフィリップを見るが、フィリップは口をはさむ隙を作らず続けた。

「ノイランド王国は肥沃な土壌に恵まれ、農業が盛んです。民は飢えることはない。飢えを知らないからこそ、のんきにしている。優秀な者が一人でできることを、平凡な者が三人がかりでやっている状況に見えます」

効率重視のフィリップにとって、無能は税金泥棒と同義なのだ。

「無能なハズレスキル持ちは、給与を下げるとしましょう。東の国に『隗より始めよ』ということわざがあります。まずは、王族の削減から手をつけます」

フィリップは父の弱みにつけこんで、強引にことを進めることにした。

博愛スキル持ちの前王マクシミリアン、女好きでもあった。王妃が諦めているのをいいことに、貴族から平民まで、分け隔てなく、手当たり次第、愛した。正妃との息子フィリップから始まり、王子八人、王女七人の子だくさん。博愛とはいえ、やりすぎでは。そう言われて、少なからず後ろめたそう。フィリップはそこを突く。


王子王女の中で、最も役に立たないハズレスキル持ち、第七王女のマーゴットが呼び出される。

「マーゴット、そなたのスキルは確か。草むしりだったか」

「草刈りスキルですが、なにか？　お兄さま」

マーゴットは胸を張って答える。庭仕事の途中で呼び出されたので、草刈りハサミも持っている。

フィリップは不愉快そうに眉をひそめた。

「どちらにしろ、王族にあるまじき、恥ずべきスキルだ。税金で保護する価値もない。王室から除名する。殿下の称号はそのまま使っていいが、手当ては打ち切る。名ばかりの王族ということだ。これからは自力で生きよ」

「お言葉ですが、お兄さま」

マーゴットは大きな瞳をギラギラさせながら、臆することなくフィリップを見つめる。

「私と母は、王室から手当てをいただいておりません。母は料理人、私は庭師として王宮で働いて給与をいただいております。既に平民のような存在です」

「そ、それは知らなかった」

フィリップは虚をつかれたようで、少し言葉につまった。

「しかし、王宮から給与が出ているというのは、外聞が悪い。税金の手当てと変わらないではないか。どうせ、形ばかりの仕事であろう」

「まあ、心外ですわ。私も母も、真摯に働いていています」

「分かった分かった。そなたらの働きが十分か、調べてみる。追って連絡するので、もう下がれ」

フィリップはハエをはらうかのように、サッと手を振った。マーゴットはもうひとこと、ふたこと言ってやろうと口を開くが、近衛に追い出される。

「な、なんなのかしら。腹が立ちますわ」

キィイイー、マーゴットは廊下でひとしきり小声でブツクサ言い、スタスタと歩き出す。母を見つけなければ。

「母さん」

マーゴットは調理場に行くと、入口から母を呼んだ。母はこねていたパン生地を台に置き、粉で真っ白な手をエプロンで拭きながら近づいてくる。

「どうしたの？　庭仕事は終わったの？」

「それどころじゃないわよ。フィリ、陛下がね、ハズレスキル持ちの給与を下げるって。そして、ハズレスキルの王族は、王室から除名するって」

「あらまあ、随分な言い草だわねえ」

「下手したら、ここでの仕事も取り上げられるかもしれない」

「まあ、それは困るわねえ」

困ると言いながら、母はのほほんと笑う。

「大丈夫よ、私とマーゴットなら、どこのお屋敷でも雇ってもらえるから」

母は、おいしいパンを焼くスキル持ちだ。確かに、王宮をクビになっても、どこででも働けそうだ。マーゴットは、ほっと息を吐いた。

「いつでも出ていけるように、荷物はまとめておきましょう」

母の言葉に、マーゴットは頷く。

「荷物まとめスキル持ちに相談してみるね」

マーゴットは母と別れると、大急ぎでメイド部屋に向かった。大部屋には、荷物整理、箱詰めなど、整理整頓系のスキルを持つ者がたくさんいる。

皆、マーゴットの話を聞いて、憤った。

「何それ。私たちがいないと、王宮がメチャメチャになるのに。分かってないわね」

「全員がすごいスキル持ってても、仕方ないのに」

「覇王スキルじゃ、王宮をキレイにはできないわ」

メイドたちはプリプリする。

「マーゴットがクビになるなら、私たちも辞めようかしら」

「みんな、早まらないで。私と母さんは大丈夫だから」

マーゴットは焦って、皆を止める。王宮での仕事は給与も待遇もいい。王宮のメイド部屋で住めるし、食事も出る。制服があるので、私服はちょっぴりでいい。衣食住が保障されているようなものだ。簡単に辞めていい仕事ではない。

「私、庭師のみんなに言ってくるね」

マーゴットはメイド部屋を出ると、庭園に向かう。美しく整えられた庭園で、木を剪定しているトムを見つけて、マーゴットは顔をほころばせた。

「トム」

「マーゴット」

トムはニコニコしながら、脚立を降りてくる。乱れた前髪をかきあげ、袖で汗を拭く。

「陛下に呼び出されたって？　なんか言われた？」

「ハズレスキルの王族はいらないんだって。もしかしたら、庭師の仕事もクビになるかもしれない」

「ええっ」

トムは大声を出し、慌てて手で口をおさえた。

「そんな、無茶苦茶だよ。マーゴット、王女なのに庭師の仕事してるのも無茶だけどさ。でもマーゴットのおかげで、庭園がいつも美しく保ててるのに」

「覇王様には草刈りなんて、どうでもいいのよ」

マーゴットは肩をすくめた。

「そんなあ。どうするの？」

「いざクビになったら、しばらくは教会にかくまってもらうわ。教会でもパンは食べるし、庭の雑草は伸びるでしょう」

「ああ、そうだね。よかった、マーゴットが遠くに行ってしまうかと思った」

「できれば王都にいたいけど。いざとなったら、母さんの故郷に行くしかないかも」

「だったら、俺も一緒に行く」

トムがパッとマーゴットの手を握り、ハッとしてすぐ手を離した。トムは真っ赤だ。マーゴットは手でパタパタ顔をあおぐ。

マーゴットは大急ぎで雑草を刈ると、早上がりして部屋に戻る。マーゴットと母は、隣り合わせの個室を与えられている。母は元々平民の料理人だった。母の焼いたパンに驚いたマクシミリアンが、母を褒めようと呼び出し、そして手をつけた。

手をつけただけなら、そのまま捨て置かれただろうが、母はマーゴットを産んだ。大部屋から、個室に。当然の移動だろう。母は、「私に側妃は務まりません。今まで通りパンを焼きます」そう言って、マクシミリアンを説得し、パン焼きを続けたのだ。

そして、その流れで、マーゴットも王族でありながら、庭仕事をしている。税金を無駄遣いしたと言われる筋合いはないのだ。

ところが、フィリップからの沙汰は無慈悲だった。

「私と母さんの給与を半減。大部屋に移動ですって？　大部屋はともかく、給与を下げられるいわれはありません」

「陛下のご決断ですので」

使者はにべもない。

「では、もう、辞めます」

マーゴットは、啖呵を切った。草刈りの仕事を辞めることを告げ、さっさとまとめていた荷物を運び出し、母と共に教会に向かう。

「むーかーつー、ではない。腹が立ちますわーー」

お下劣な雄たけびを、王女風に急転換させ、マーゴットはぜいぜいする。

「おいしいパンを食べましょう」

荒ぶるマーゴットをよそに、母はいつも通りパンを焼く。お世話になる教会の人たちと、パンを食べ、マーゴットは少し落ち着いた。

「草、刈るわ」

マーゴットは腹ごなしに、教会の庭を美しく刈り上げた。

2. 新天地

毎日せっせと庭を刈り上げ、ついでにご近所さんの庭も整え。働き者のマーゴットは、教会で楽しくやっている。母もいつも通りおいしいパンを焼いている。

突然やってきた王族ふたり。最初は遠巻きに見られていた。でも、骨身を惜しまず真面目に働く母娘だ。今ではすっかり打ち解けている。

「リタ様、マーゴット様」いつもはニコニコ顔の司教が、いつになく真剣な声で呼びかけた。

「お手紙が二通届いております。王宮とユグドランド島から」

リタとマーゴットはまず王宮の手紙から開いた。

「えーっと、教会は民からの寄付金と税金によって運営されているから、追放された王族にいつまでもいられると困りますー。ってことね。はあー、私たち、ちゃんと滞在費払っているのに」

リタとマーゴット、慎ましく暮らしてきたので、お給金はほとんど手つかずで残っていた。そこからきちんと教会に払っているのだ。王家にグダグダ言われるいわれはないのだ。マーゴットは怒りで頭に血がのぼる。勢い任せに、二つ目の手紙を開く。

「ふむふむ、あらまあ。ふふふ。母さん、ユグドランド島の領主が、私に来てほしいって。すごく熱心に招待してくださってる」

出て行けって言われて怒りと悲しさで混乱していたマーゴット。領主からの真摯な手紙に胸が熱くなる。そんなマーゴットに司教が優しく言った。

「ユグドランド島は不毛の地と言われております。聞くところによりますと、魔植物が繁殖して、苦労しているとか。ご領主は誠実なお人柄と聞いておりますよ」

「こんなにまっすぐに私のスキルを求めてくださるなんて。私、行きます！」

根が単純なマーゴット。いらない子と言われて放り出され、少なからず傷ついていたが、こうして熱烈に自分の力を求められると、嬉しいではないか。それはもう、あらゆる草を刈ってやろう。そんな心意気にもなる。根絶やしだ。

「だったら、他のみんなも連れていこうかしら」

トムを筆頭とした庭師仲間、無能とクビになった家事スキル持ちのメイドたち。きっと誘えば来てくれる。

「ではご領主に聞いてみてはいかがですか？　給料や住居などの問題もあるでしょうし」

司教に言われ、領主と何度か手紙のやり取りをし、「な、なんとかします。ぜひどうぞ」という、やや心配になる返事をもらった。マーゴットはすぐさま、トムに会いに行く。優秀な庭師であるトムは、まだ王宮で働いている。

「ユグドランド島に行くことにしたんだけど。トムも一緒に来ない？」

「行く行く」

軽い。ノリが軽すぎるぞ、トムよ。少なからずドキドキしながら誘ったマーゴット。拍子抜けだ。

「え、本当に大丈夫？　給料とかここより安いと思うけど。領主は、なんとかしますって言ってたけど。ねえ」

「マーゴットがいなくなってからさ、仕事が楽しくないんだ。マーゴットと庭でくだらない話をするのが息抜きだったのに。今は無駄話とか絶対ダメ、許さないって雰囲気。ギスギスしてる」

「そうなんだ。和気あいあい、わちゃわちゃ働くのが楽しかったのにね。そっかあ。だったら他の庭師仲間にも伝えてみてくれない？」

「うん、言っておく。またマーゴットと働けるんだね。楽しみだ」

トムは屈託（くったく）なく言う。マーゴットは明るい気持ちで、次に向かった。勝手知ったる王宮。裏道横道、使用人の通路を駆使してメイドたちのたまり場にやって来た。偉い人は決して足を踏み入れない倉庫。マーゴットはそーっと中を見て、こっそり忍び込む。

「みんな、久しぶり。元気？」

「マーゴットじゃないの。心配してたんだからね」

「どうなの、教会は。教会の人とうまくやってる？」

「大丈夫。居心地いいし、みんないい人。でもね、色々あってユグドランド島に行くことにしたんだ。不毛の地って呼ばれてるらしいけど。領主は誠実でいい人だよ。もしよければ、みんなも一緒にどうかなーと思って」

マーゴットは仲間にもみくちゃにされながらも、みんなをきちんと誘った。

「ユグドランド島かー。魚がおいしいよねー」

「猫島じゃなかったっけ？　港に野良猫がたむろしてるらしいよ」

「私、行くわ」

猫好きがすぐに乗って来た。

「王宮での大部屋暮らし。家賃は安いし、安全だし、職場に近いし。てか職場だし。最高なんだけど。猫飼えないじゃない。私、猫大好きだから」

ものすごく力説している。猫好きメイドはたくさんいたようで、そうねそうね、そうしようかしらと乗り気になる人たち。

「ハズレスキルってクビにされた子たちも行くの？」

「うん、みんなにもう声かけたよ。故郷に帰る子以外は、ほぼみんな行くって」

「そっかー。私も行こうかなー。猫はどうでもいいけど、私、犬派だから。でもさー、なんかさー、王宮の雰囲気がいやなんだよね」

「それ、トムも言ってた」

「やっぱりー。なんだか監視されてる感じがするの。スキルで優劣つけられてさ、点数つけ合ってさ。前はもっと、お互い様だし協力しようって空気だったのに。よーし、私も行くー」

あれよあれよという間に仲間が増え、離島に向かう船はいっぱいになった。

＊　＊　＊

その頃、離島では領主がてんてこ舞いで大騒ぎをしていた。

「リタ様とマーゴット様と、お仲間の皆さんが一挙にいらっしゃる。部屋は、ベッドは、寝具は、給料はー」

わー、領主は頭をかきむしった。

「落ち着いてください。マーゴット様の手紙に、日持ちする食料を持っていくし、野菜育てスキル持ちも一緒に行くから、食料は心配しないでください、と書いてあります」

領主は涙目で頼れる部下を見る。

「それに、王宮を整えてきたスゴ腕のメイドたちが一緒なのです。最低限の準備をしていれば大丈夫でしょう」

「そ、そうか。そうだな。なんとかなる、なるなる」

領主はやっと落ち着いた。

「とにかく、全力で。できるだけのことをやって、おもてなししよう」

領主の言葉に、ハラハラしながら見守っていた人々が、はいっと声を出す。善良な領主の元、働けど働けど不毛の地だった、ユグドランド島に、かすかな希望の光がさした。

3.  歓迎会

ユグドランド島行きの船は、少ない。海流が複雑、目視で確認できない岩礁が多い、シーサーペントなどの海の魔物がいる。危険な条件が重なりまくり、滅多なことでは誰も近づかない場所になっている。長年、ユグドランド島行きの船を運航し慣れている、熟練の船長が、十分な乗客が集まれば出航してくれる。そもそも、そこまで苦労しても、行きつく先は不毛の地。長いつき合いのある商人ぐらいしか、行こうとは思わない島なのだ。

行くのも出るのも大変。追放島と揶揄されるゆえんである。

そんなユグドランド島へ、満員御礼の船が出航した。船長は何事かと驚きを隠せない。王女や下級貴族、平民、様々な階級の人々が、ワイワイガヤガヤ、にぎやかに乗船した。王女の存在に最初は緊張していた船長も、気さくすぎるマーゴットにすぐほだされた。

船は、何の問題もなく、順調に進んで行く。

「わー、風光明媚ないい島じゃなーい」

船から島を見て出たマーゴットの棒読み発言。仲間が苦笑する。船から見える島だが、不毛の地というふたつ名に納得の、どんよりした雰囲気を感じる。貧民街の誰も手入れしない、荒れ放題な空地みたい。

「これから風光明媚な島にしましょう。私たちの役立たずスキルを寄せ集めれば、きっともう少し華やかにできるわ。枯れ木も山の賑わいって言うじゃない」

「まだ枯れてないわよ。張り切るわよ」

笑い合って、船から降り立った一行の前に、冷や汗をダラダラ垂らした、風采の上がらない男。

「皆さま、ようこそいらっしゃいました。領主のマーティン・ユグドランドです」

全く覇気も威厳もない領主。でも、とても良い人そう。できる雰囲気をまとった人が多い王宮で育ったマーゴット。朴訥とした領主に好感を抱いた。少なからず緊張してやってきた仲間たちも、一様にホッとした表情をしている。

「とりあえずは、皆さん、屋敷に宿泊してください。相部屋になってしまいますが」

リタとマーゴットはさすがに一人部屋だが。王族だし。平民は大部屋、下級貴族は二人部屋など、調整することになりそうだ。

「はい、大丈夫です。王宮の部屋より広いですし、快適です」

王宮でバリバリ働いていた者たちだ、慣れているし、頼もしい。マーティンはあからさまにホッとした表情を見せている。ゴネられたらどうしよう、そんな心配をしていたのだろう。

「お食事の時間まで、ごゆっくり」

マーティンは食事の準備が進んでいるか、あたふたと見に行った。

「いいところじゃないの」

「空気がおいしいわ」

「え、うそ。塩っぽくない？」

「雰囲気、雰囲気」

「猫がいっぱいいたわね」

「あなた、それぱっかりね」

「ね、私がチャチャーッと荷物バラシてあげるから、みんなで散歩に行きましょうよ」

「いいわね、いいわね」

荷物整理スキル持ちや、整頓スキル持ちが、あっという間に片付けていく。

「マーティンさん、いいわね。優しそう」

「息子さん、ふたりとも、いい感じだった」

「まだ独身だって」

「いいわね、いいわね」

かしましい女たち。あっという間に、領主家族の私的情報をつまびらかにしていく。

「マーティンさんは、奥様と死別されたんですって」

「まあ、お気の毒。っていうかあなた、着いたばっかりで、そんな情報どこから調べてくるわけ？」

「あら、こんなの基本よ。お水もらいに行くついでに、台所で立ち話するじゃない。お互いの持ってる情報を交換するだけよ」

「ということは、私たちのことも、あっという間に知れ渡るのね」

「そういうこと」

全く悪びれるところなく、あっけらかんと言う女性。

「こんな小さな場所で暮らすのよ。お互いのこと、よく知ってる方がいいわよ。ただでさえ、王都から来たよそ者って警戒されてるんだから。善良で働き者で裏表がない。つき合いやすそうって早いとこ思わせた方がいいのよ」

「勉強になります。姐さん」

「何が姐さんじゃー。ほぼ同い年じゃー」

大騒ぎしながらも、女性たちは抜け目なくあたりの情報を頭に叩き込む。伊達に、生き馬の目を抜くような王宮で働いていたわけではない。たくましく、したたかに、でもしなやかに。そんな働く女たち。

一方男たちは、のんびりしていた。荷物ほどきなんて、そのうちやればいいさ。必要な物から順番に出していったら、いつか片付くよね。ゆるゆるだ。カバンをポーンッとベッドに投げ、終了だ。

「おーい、ビール飲んでいいってー」

「うっしゃー、カンパーイ」

着いたばかりなのに、早速酒盛りが始まっている。情報収集なんてこと、チラとも考えていない。

歓迎会が始まる頃には、すっかり出来上がっている男たち。

「ちょっと、あなたたち。いい加減にしなさいよね」

「初日から酔っぱらってるんじゃないわよ」

「私たちの評判まで悪くなるじゃないのよ」

「ああー、いちいち細かいこと、気にすんなよー」

着替えてこざっぱりし、化粧も直し、働き者のいい女風を醸し出そうと努力している女性陣。着いたときのまま、ありのまま、いやむしろ酔っぱらって状態が悪化している男性陣。両陣営に緊張が走る。

「あらあー、もう酔っぱらってるの？　男の人ってダメねえ」

マーゴットが笑いながら会場に入って来る。

「暑かったから、つい」

「すんません」

マーゴットには素直に謝れる男性たちである。女性たちは、仕方ないわねと肩をすくめた。ピリピリした空気に、ヒヤヒヤしていた領主マーティン。オズオズと乾杯の音頭を取る。

「皆さん、不毛の地ユグドランド島にようこそ。本当に、来ていただけて嬉しいです。島民は気のいい者ばかりです。魚もおいしいです。土があまりよくないので、野菜はいいのがとれないのですが」

少し悲し気な顔をするマーティン。

「でも、マーゴット様がいらしてくださったので、もっと耕作地を増やせるんじゃないかなと思っております。他力本願ですみません！　皆様のお力が頼りです。末永く、よろしくお願いいたします」

なんて、腰の低い、領主。その場の全員が思った。

「私たち、全力を尽くします。ここを、楽園にします」

立ち上がり、声を震わせるマーゴット。

安請け合いしすぎー、ひめー。その場の全員が思った。

それからは、飲めや歌えやの大宴会。本当はビールは十八歳からだが、もういいんじゃないってことで、マーゴットもビールを飲ませてもらっている。

初めてのビールにほろ酔い気分のマーゴットに、マーティンは律儀に筋を通そうとがんばっている。真面目か。

「せっかくの歓迎会でなんなんですが。島の問題点、四つをあらかじめご説明いたしますね」

マーティンはゆで卵をひとつ取って、テーブルの上に横向きに置いた。

「ユグドランド島は楕円形です。上下左右に四等分したとして、私たちが住んでいるのは、右上、北東です」

マーティンはゆで卵の右上をコツコツと叩く。

「右上以外は、植物がはびこって足を踏み入れることができません。魔植物も多いです。これが問題のひとつ目」

マーティンはゆで卵から手を離すと、指を二本立てる。

「ふたつ目は、塩害です。居住区と耕作地が限られているのに、土壌が悪く作物があまり育ちません」

「海に囲まれてるもの。何もかも塩味になるわよねえ」

マーゴットは適当な相槌を打つ。

「みっつ目、雨がほとんど降りません。一年の八割は晴れです。水不足は深刻です。川も井戸の水も、うっすら塩味がします」

「ほら、やっぱり。川の水さえ塩味よねえ。でもビール飲めばいいわよねえ」

マーゴット、ろれつが怪しくなってきた。

「夏がとても暑いです。昼間は外に出るとヤケドする恐れがあります。早朝か夕暮れに働きます」

「乙女(おとめ)と草刈りの天敵は、日焼けなのよ。大きな帽子と長そでが欠かせないのよ。日の出前に刈ってしまうのがいいのよ」

マーゴットは、夏の日差しを想像して、げんなりしている。

「もちろん、悪いことばかりではありません。島ですから、新鮮な魚が食べ放題です。そして、お気づきの通り、猫がたくさんいます。ほぼ野良猫です。港で取れた魚のおこぼれで暮らしています。かわいいでしょう」

「猫、かわいかったです。ぜひ、モフモフしたいです」

マーゴットがいきなりシャキンッとして、大きな声を出す。

「手紙でも触れましたが、ひとつ目の問題点に、マーゴット様のお力を貸していただきたいのです。なんとか植物を伐採し、耕作地を増やしたい。夏が来る前に」

「なるほど。えー、ちなみにいつ頃から暑くなりますか?」

「あと二か月ほどで、夏が来ます」

夏が来ますが、魔物が来ますのように聞こえて、マーゴットはゾクッと身震いした。

4. 初仕事

翌朝、マーゴットは日の出と共に草刈りを始めた。居住区には魔植物は出ないと聞いたので、単身で初の草刈りだ。朝の柔らかい日差しと新鮮な空気を楽しみながら、マーゴットはサクサクと刈っていく。

「あら、もう終わっちゃった」

屋敷周辺は、なんら手こずることのないまま終わってしまった。これでは、働いた気がしない。

マーゴットは範囲をもっと広げることにする。チャッキチャッキチャッキ、小気味よい音に歩調を合わせ、マーゴットは行進する。

「あら、いつの間にか港まで来ちゃった。皆さん、おはようございます」

マーゴットは王女らしい笑顔で、野良猫たちに挨拶(あいさつ)をする。野良猫たちは、じりじりと後ろに下がる。

「まあ、怯(おび)えなくてもいいのよ。私、猫は大好きだもの」

キラリ　草刈りハサミが太陽の陽(ひ)ざしを浴びて光った。ピャッ　猫たちは臆病なスズメのように逃げ去った。

「ああー、モフモフがー」

がっくりと気落ちしたマーゴット。猫に限らず動物が大好きなのだ。特に猫や犬などはモフモフしたいと、いつも見かけるたびに手をワキワキさせているのだが。なぜか、動物はマーゴットを見ると、ピャーッと逃げてしまう。なぜだ。やはり、草刈りハサミがいけないのだろうか。でも、これがないと仕事ができない。マーゴットはしばらくウダウダ考えて、諦めた。仕事だから、草刈りハサミは手放せない。いつか、きっと、私にもモフモフできる日が。くーるーはーずー。

マーゴットは気を取り直して、屋敷に戻ることにする。来たときとは別の道を通りながら、雑草を成敗していく。まったくやった感のないまま、屋敷に着いてしまった。

「うーん、こんなもんなのかしら」

王宮の庭園で草刈りを始めた頃に比べると、達成感がないような。簡単すぎるような。

「いえ、油断は禁物よね。明日またワサーッて伸びてるかもしれないし」

マーゴットはさっと着替えると、朝食に向かう。

朝食のあと、領主マーティンと護衛と共に、問題の手つかずの地に向かう。馬車でたどり着いた先は、確かにうっそうとしていた。マーゴットの首辺りまである、硬そうな雑草。その先にはトゲトゲしたツルが絡まった大きな木々。みっしりと密集してどこまでも続いている。

「このあたりから魔植物が出ます。出たら、すぐに下がってください。護衛がマーゴット様をお守りします」

マーティンが緊張した様子で手をもみ合わせている。できれば出ないでほしい、王女を危険な目に遭わせたくない。そんな気持ちなのだろうか。

「腕が鳴るわね」

ガッチンガッチン　マーゴットは気合を入れて草刈りハサミを開け閉めした。

ヒアーッ　一瞬そんな音がしたようだが、気のせいか。マーティンはキョロキョロ周囲を見回す。

「始めるわよ」

マーゴットが草刈りハサミを構え、護衛たちは剣に手をかけた。

ジャッキジャッキジャッキ　これはなかなか。

ザックザックザック　お主、やりおる。

アハハハハハハハハハハ　たーのしーーい。

「今日はこれぐらいにしておこうかしら」

マーゴットがひと息ついて後ろを振り返ると、マーティンと護衛がプルプル震えている。

「どうかされましたか？　あ、これでは生ぬるいですか？　もっと刈りましょうか？」

結構刈ったと思ったんだけど。期待外れだったかしら。マーゴットはドギマギした。王都から鳴り物入りでやってきたスキル持ちなのに。たいしたことないなーって、思われてたりして。

マーティンと護衛がピッシイと敬礼した。

「もう、十分でございます。ええ、本当に。もう、これぐらいにしてください。ぜひ。断末魔が耳にこびりついて眠れなくなりそうです」

「断末魔」

不思議なことを言うものだ。静かで穏やかな春の朝だというのに。それとも、これはユグドランド島特有の比喩表現かしら。きっとそうね。マーゴットは、問いたださないことにする。

毎日、日の出と共に居住区を草刈りし、朝ごはんのあとは未開の地を開拓する日々が続いた。マーゴットの心配は杞憂に終わり、居住区の雑草たちは大人しい。切っても切っても伸びてくる、なんてことはない。しつけの行き届いた、育ちのいい子猫みたいだ。港で出会ったら、ピャッと逃げ出す野良猫より、よっぽど扱いやすい。

未開の地も、順調に草が刈られ、人が足を踏み入れられるようになってきている。さすがに、そのあたりの草木は手ごわくて、やりがいがある。全力でぶつかり、お互いの力を出し合い、屈服させる。敵は強ければ強いほど、燃える。そして、当たり前だけれど、いつだってマーゴットの勝ちというのがいいのだ。負けたら楽しくない。

「敵ながらあっぱれですわ。ホホホホホ」

「おのれこしゃくな。フッそれほどでもなかった」

「我が力の片鱗を見せてやろう。フハハハハ」

「ククッ、全力を出すほどでもないわ」

そんな覇王ごっこをしながら、刈るのが楽しいのだ。スカッとするのだ。

でも、日に日に護衛たちの顔色が悪くなっているけれど。どうしてかしら。日差しはまだ優しいのに。王女といると、気を使うのかも。

「お手を煩わせてしまうのもあれですから。明日からは、私ひとりでも大丈夫ですよ。屋敷で執務をされているマーティンさんの護衛に専念されてはいかがかしら」

マーゴットは聖母のつもりの笑顔で聞いてみる。そしたら、泣かれた。

「なんのお役にも立てない、不甲斐ない我ら。誠に申し訳ございません」

「恥ずかしいです」

「護衛なんて名乗って、ごめんなさい」

「せめて送迎ぐらいはさせていただきたいです」

なんなの、この人たち。情緒不安定すぎない。怖い。マーゴットはビビった。なぜ、大の男が泣きながら頭を下げているのか。意味が分からない。困ったときは、王女らしく、しとやかに。

「まあ、もちろん今後ともご同行いただけると嬉しいですわ」

乗り切ったか？　乗り切ったな。よし。マーゴットはこっそりと拳を握りしめた。

順調に仕事をしているマーゴット。領主マーティンは元より、島民一同から感謝されまくっている。

漁業と農業で暮らしている島民たち。ガサツで乱暴であけっぴろげ。全身真っ黒に日焼けし、手はゴツゴツと指が節くれだっている。

かたや王都からやってきた、見目麗しい王女様。たおやかで、おしとやかで、お美しい。まさに王女の中の王女。フォークとナイフより重いものなど持ったことなさそうな、白魚のようなほっそりとした手。

「真っ白で細くて、キラキラして。お人形さんみたい」

本物のお姫様を、子どもたちはうっとりと眺める。

「こんな日差しのきつい島。マーゴット様のたまごのようなお肌がトマトみたいになっちゃうんじゃ」

「草刈りなんて、あんな王女様がおできになるのかしら」

「マーティン様、勘違いされたのでは」

「まさか騙されたんじゃ。マーティン様おひとよしだから」

大人たちはヒソヒソと心配している。

島民たちの心配は、翌日、根底から覆された。日の出と共に、太陽の柔らかい日差しを浴びて、まるで発光しているように輝くマーゴット。巨大な草刈りハサミを手に、闊歩(かっぽ)している。大きくて零(こぼ)れ落ちそうなウルウルの瞳(ひとみ)が、なんだかぎらついている。目があったら、取り殺されそうな、もとい、吸い込まれてしまいそうな迫力。にこやかで、ほんのり口角が上がっていたお上品な口は、ニカッとした感じに大きく吊(つ)り上がっている。取って食われそうだ。窓からこっそりのぞいていた島民たちは、マーゴットがこちらを向いたとき、ヒエッと小さく悲鳴をあげ、慌(あわ)てて隠れた。見てはいけないものを見ているような。深淵(しんえん)をのぞき込んだような。島民たちは、王国で最上位にあらせられる尊き王女マーゴットを、カーテンの隙間(すきま)からのぞき見る。

タンッ　ウサギのようなかわいらしいおみ足が、雑草地に入る。

ギィァアアー　島民の耳に、かすかな悲鳴のようなものが聞こえる。なんだろう。気のせいよね。頭をフリフリ、マーゴットを見つめる。

シャキン　マーゴットが草刈りハサミを構える。

ギョギョーー　網にかかった魚の嘆(なげ)きのような何かが聞こえたような。ような、ような。ええ?

そこからは、電光石火、疾風怒濤(どとう)、威風堂々。満面の笑みのマーゴットが草刈りハサミをちょいーっと当てるだけで、草木が勝手に降参していく。

やめてくださーい。勘弁してくださーい。たすけてー。そんな声が聞こえるようだ。

島民は涙目になった。もう、そのくらいで。ええ、十分ですから。あとは、私たちが細々とやりますから。心の中で、マーゴットに懇願する。

刈っても刈っても、翌朝になると茂っていた手ごわい草たち。鍛え抜かれた石のような手の平でさえ、切り傷だらけにする硬い葉。抜いても抜いても、どこまでも果てしなく地下にもぐっている、しつこい根っこ。

島民たちを苦しめた雑草たちが、いとも簡単に、やられていくー。にっくき敵と思っていたけど、なんだかかわいそうー。島民たちは、マーゴットの勢いに、心の底から恐れおののいた。

「ものたりないわー」

マーゴットの小さなつぶやきを、島民たちは確かに聞き取った。

「これが、王族の力」

「スキルの真の姿を見た」

「すごい」

「すごかった」

「とにかくすごかった」

島民たちの語彙力は死んだ。

役立たずスキル、ハズレスキルとして王都から追放されたはずの面々。マーゴットと同様に、島民の度肝を抜いていく。

「おはようございます」

おずおずとマーゴットの部屋にやってきた島育ちの若い少女。誰もいない部屋に目を瞬く。

「おはようございます。マーゴット様なら、もう草刈りに行かれましたよ。朝早い方が、仕事がはかどるって。朝ごはんもおいしく食べられるからって」

ええー、そんなあ。たじろぐ少女をよそに、部屋の整頓スキル持ちの彼女は、あっという間に部屋を片付ける。

「あのー、洗濯物とかありませんか」

「ああ、洗濯スキル持ちの子が、もう洗って干してるわよ。ほら」

ふたりで窓から外を眺めると。たくさんの服やシーツがハタハタと風にあおられている。

ええー、うそー。まだ朝ごはん前なのにー。少女はめまいがした。

「これが、王宮で働く人たちの常識なのですね。勉強になります」

「いやいや。みんなやる気に満ちあふれてるからよ。だって、悔しいじゃない。見返してやりたいじゃない。真面目に働いててさ、もう来なくていいよっていきなり言われてさ」

「ひどいですね」

「そうなのよー。だから、この島をすっごい場所にして、ざまあって言ってやりたいの」

さあ、仕事仕事ー。そう言いながら、出ていく女性を、少女はじわっと潤む目で見つめた。

台所では、料理人たちが挙動不審になっている。マーゴットの母リタが、バッシンバッシンとパン生地を台に叩きつけている。何か恨みでもございますか？　ベッドが硬かったですか？　そんな不安が料理人たちの頭をよぎったとき、ジャバアーという音がした。

若い男が、水がめにバケツから水を注いでいる。

「水がめ、これで全部ですか？　俺、水くみスキル持ちだから、いくらでも水くんで持ってきますよ」

「た、助かりますっ」

雑用を主にやっている、下働きの少年がピョコンと頭を下げた。井戸から水をくんで、台所に運ぶのは重労働なのだ。島の一番高いところに位置する領主の屋敷。井戸がとても深い。水源が遠いのだ。毎日、水をくんだあとは、手が真っ赤になったものだった。

「じゃあ、今日はお前、じゃがいもの皮むきしな」

少年は、いつもならやらせてもらえない、野菜の皮むきという仕事にありついた。少年の目がキラキラと輝く。

領主の執務室では、執務補佐官が固まっている。彼の日課である、書類の仕分けが一瞬で終わったから。

「私、書類の仕分けスキル持ってるんです。でも、仕分けしかできないから、役立たずなんですけど」

「素晴らしい。ありがたい。本当に助かります」

執務補佐官は若い男性の手をガシッと握りしめた。

「私は、あら探しスキルっていう、忌み嫌われるもの持ちで。ついつい書類のあらを見つけてしまって、仕分けが進まないんですよ。あなたとなら、仕事が効率的に進められそうです」

男ふたりが手を握り合い、見つめ合っている。領主マーティンは、執務室に入ろうとして、足を止め、引き返した。もしかしたら、お邪魔かなと思って。

6. 毛玉

今日も今日とて、マーゴットは未開の地を伐採している。つき従う護衛たちは、いつも通り後方から感嘆の目で見ている。下手に近づくとマーゴットの集中をそいでしまう。手伝おうとしたところで、足手まとい。護衛たちは、いざというときのために準備万端で待ち構え、マーゴットが休憩に入ったら水を渡す、それぐらいしかできない。

草刈りをしているときのマーゴット。一心不乱で、周囲の物音はあまり耳に入っていない。これまでの経験でそれを理解した護衛たちは、マーゴットの邪魔にならない程度に実況して楽しんでいる。

「今日もやってまいりました。マーゴット王女殿下の勇ましい草刈りです」

「本日はですね、ユグドランド島の中心部付近に来ております。ええ、今まで足を踏み入れたことのない、秘境です」

「秘境というよりは、もはや魔境ですね。出ますねー、今日も、魔植物がワッサワッサと」

「おおーっとマーゴット王女、意にも介しておりません。一撃です。バッサリです」

「いやー、信じられません。我々だったら数十分はジタバタする魔植物ではないでしょうか」

「ツルがですね、牙を持っているとご想像ください。え、何を言っているか分からない？」

「ですよねー、実物を目の前にしている私たちでさえ、表現に困るシロモノ」

「なんでしょう。ツルがうねうね動くんですよ。へビみたいです。そして、棘がたくさんついていて、顔もあるんですよね。顔と言うか口？」

「パッカリ開いた穴に、牙がたくさんありますから。口でいいんじゃないですかねえ」

ヒソヒソと護衛たちは話し合う。あれ、牙だよなあ？　うん、キバキバ。

「それにしても、いつものことながら、マーゴット王女、ためらいがありません」

「私たち護衛でも、魔物を屠るときは、多少、ちょーっとした心の葛藤があるんですよ」

「魔物とはいえ、命ですからね。神ならぬ、人の身で、やっていいのかと」

「とはいえ、やっちゃいますけどね、ええ」

「ためらったら、こっちがやられますからね」

「我々がやられたら、島民が次の被害者ですから。やられる前にやる。それが鉄則です」

うんうん、だよねだよね。護衛たちは頷き合う。

「マーゴット王女の場合はですね。どちらかというと、意識してない風味ですよね」

「全く表情が動きません。常に素晴らしい満面の笑顔です。お花畑を走り回る子犬みたいです」

「無邪気。無垢。あ、でもちょっと怖い笑顔か、あれ」

王女をあれ呼ばわり。他の護衛が頭をはたいた。

「とにかく、葛藤がなにも見えないんですよ。なんでしょうねー、あの感じ」

「うーん、例えるなら漁師が魚をさばく感じでしょうか。魚がビッチビチしますよね。でも漁師はいちいち気にしませんよね」

「ですねー。毎日の作業ですから。パンこねてるぐらいの勢いでしょうね」

「作業。作業工程ともなんかまた違うんだなー。仕事してるって感じがしない」

「どっちかというと、ただ歩いてるだけじゃね？　散歩」

「散歩のついでに、雑草刈ってて、知らないうちにアリを踏みつぶしてるぐらいの」

護衛たちは、それだっと手を打った。

「私たちには敵に見える魔植物ですが」

「きっとマーゴット王女にはアリ並みに、視界に入ってないんですよ」

「それだ」

「それだ」

マーゴットの評価が、よく分からないところで爆上がっている。上がっている、のか？

「おや？」「おやおや？」護衛たちは、一瞬とまどい、即座に剣を抜いてマーゴットの背後にピッタリつく。

「なにかしらこれ。ツタにグルグル巻きにされてる。繭みたいね。中に何か入ってるみたい」

マーゴットがしげしげと見つめる緑のグルグル。ビクビクっと動いた。

「殿下、おさがりください。ここは我々が」

護衛たちは死ぬ覚悟を決めた。命に代えても姫を守る、そんな騎士の誇り。マーゴットは、だが、受け止めてくれない。

「だーいじょうぶよー。毎日ものたりなくって。ちょっと待ってね。ここをチョキチョキッと」

バッシンバッシン　マーゴットの草刈りハサミが緑のツタを切っていく。

「ニャー」モッフウ。護衛が止める間もなく、マーゴットは毛玉の中に。

「殿下ー」「殿下、ご無事ですかー」護衛たちは、毛玉に切りつけるべきか、どこからどうするか剣をあっちこっち動かしながら、必死に叫んだ。

「だ、大丈夫ー」

マーゴットは毛皮からなんとか顔を出すと、心配顔の護衛を見た後、毛玉と見つめ合う。

「この子、猫だからー」

そう、大きな大きなモフモフ猫が、マーゴットを愛おしそうに抱きしめている。忌まわしい気配はない。マーゴットもまんざらではなさそうだ。護衛たちは一触即発の警戒感を、少しだけゆるめた。

「あ、暑い」

モフモフの毛皮にギュウギュウされ、マーゴットはウグッとなる。巨大猫は、ハッとしたように、後ろに飛び退り、モジモジしている。

「あの、猫さん。そんなにありがたがってもらわなくて、いいのよ。チョキチョキッてしただけだもの」

巨大猫は、首をフリフリしながら、じりじりとマーゴットに近づいてくる。

モッフゥッ　またマーゴットは毛皮にうまった。猫は、どうしてもマーゴットを抱きしめたいらしい。待ち望んでいたモフモフ。マーゴットはモフモフを堪能することにする。暑いけど。

モフモフ猫が抱っこして歩こうとするのを、マーゴットは慇懃に断った。そこまでは、望んでいない。子どもじゃないんだし。幼いときだったら、堂々と抱っこで歩いてもらっただろうけれども。マーゴット十七歳、矜持はある。今のところは。

でも、手はつないだ。フワフワに包まれ、プニプニの肉球を堪能する。尊い。動物とここまで密接したのは初めてだ。マーゴットの頬はほのかに上気し、目は潤み、頭はお花畑。まるで恋する乙女のよう。

ポヤポヤした気分で屋敷の方に戻ると、マーティンと畑を見ていたトムがすごい勢いで近づいてくる。マーゴットはパッと猫の手を離した。なんとなく、その方がいい気がして。

「マーゴット、その猫。なに？」

二足歩行の巨大猫。そういえば、普通じゃないですよね。今更ながらマーゴットは思い当たった。猫とトムは、マーゴットを挟んで見つめ合う。かすかに緊迫した空気が流れる。

「えー、この猫。メスだから。大丈夫」

何が大丈夫なのだか。言いながらおかしくなったけど、マーゴットは緊張をやわらげようと言ってみる。

「あっそうなの。じゃあいっか」

何がいいのか、トムと猫の間の何かは消えてなくなった。

「いやいやいや」そこにマーティンが割って入る。「もしかして、伝説の、お世話猫様では？」

「どうなんでしょう？」

マーゴットが首を傾げ、皆の視線が巨大猫に集中する。猫はモジモジしながら、はにかんだ様子で小さく頷く。

「お世話猫の伝説ってなんですか？」

呆然としているマーティンに、マーゴットが興味津々で問いかける。

「領地に幸福をもたらす守り神と言われています。まさか、実在するとは」

「へーそうなんですね」

それは、すごい。すごいけど、守り神にしては距離感がおかしくないだろうか。こんなに堂々と表に出てきていい存在なのだろうか。マーゴットが疑問に思ったとき、マーゴットのお腹が王女にあるまじき音を立てた。お世話猫がそっとマーゴットの耳をふさぐ。

「私の耳ふさいでも、意味ないでしょう」

マーゴットは顔を赤らめながら猫の手から逃れる。猫は、他の人の耳をふさごうとワタワタしているが、マーゴットが冷静に止める。

「お昼ごはんができていますから、皆で食べませんか」

マーティンが何も聞こえていませんよ、という風に話題を変える。とても紳士的で好感がもてるではないか。マーゴットとお世話猫はマーティンを感謝の目で見る。

庭の大きなテーブルに、焼き立てのパンとゆで卵とサラダと魚介のスープ。そのときお屋敷にいた面々が集まり、席に着く。王族、貴族、平民がごたまぜで座る。それが新しい習慣だ。マーゴットと共にやってきた人たちが、身分がバラバラだったからこうなった。

あまり大人数で食事することのなかったマーティンは、最初はとまどったが、すぐに慣れた。領地をよくしようと自由闊達（かったつ）な意見が出るし、何より楽しい。

お世話猫は、かいがいしくマーゴットのお世話をしてくれる。手の汚れをサッときれいにし、パンやサラダを美しく皿に盛ってくれた。

「ありがとう。でも、あなたも座って食べたらいいのに。あ、猫が食べられるものじゃないかしら」

お世話猫は、とんでもないという表情で、両手と首を振る。

「マーゴット様。お世話猫様は、お世話して感謝されることが生きがいと伝わっております。ですから、大丈夫ではないかと」

マーティンが助け船を出し、お世話猫はそうそうと言いたげに小刻みに体を揺らす。

「そうなのね。ありがとう」

マーゴットのお礼をうやうやしく受け止めた猫は、他の人たちの面倒も見てくれる。

「守り神にお世話をされるなんて、いいのかしら」

「かわいいモフモフ猫に給仕されるなんて」

「贅沢（ぜいたく）の極み」

モフ猫が大好きな女性たちは、感動で身を震わせている。

「ここに来てよかったー」

皆の声に、領主マーティンは情けない声を出した。

「ありがたいことです。来ていただき、何もかもしていただいた上に、伝説のお世話猫まで」

ううう。マーティンはポロリと涙を流す。サッとお世話猫がハンカチをどこからともなく取り出し、ソッとマーティンの涙を拭いた。優しい空気が流れる中、皆の話題は地質の話になっていく。

マーゴットが草刈りに励んでいる間、王都から来た庭師たちは、色んな場所の土を調べているのだ。トムが口火を切って、庭師たちが次々と意見を出す。

「予想していたより、塩分濃度が高い。よくこれで野菜が育ってるなと」

「雨が降らない割には、多様な植物がありますね」

「水持ちの悪そうな土壌なのに、不思議」

「塩害に強い野菜が多い。でも、塩害に弱いキュウリやイチゴが無事なのがなあ」

塩害に強いトマト、ブロッコリー、アスパラガスと、なぜあるのか不思議なキュウリもサラダに入っている。デザート用のイチゴもある。

熱心に皆の話を聞いていたマーティンが、ビールの入ったグラスを引き寄せながら補足する。

「でも、小麦はダメで、大麦だけです。大麦はビールを作るにはいいけれど、パンは無理。パン用の小麦は買っています」

なるほど。なぜ昼から食卓にビールが並んでいるのか疑問だったけれど。そういう理由だったたか。

いや、そうか？　領主が飲みたかっただけでは？

皆の視線は、ビールがたっぷりと詰まって出来上がったような領主のお腹周りに集中する。

「このトマト、甘くておいしいです」

マーゴットがサラダをモリモリ食べながら、頬を押さえる。

「本当だ。小さいけど、ギュッと旨味が詰まったいいトマトだ」

トムが感心しながらサラダを食べる。

「塩が多い土で、水分を十分にとれないから、小さくなるのです。でも味がしまります。健気な野菜なのです」

マーティンの言葉に、王都からやってきた面々がうつむいた。小さく誰かが言う。

「まるで、私たちみたいです」

「役に立たないスキルだけど。小さいスキルだけど、がんばってます」

「おいしい野菜を育てましょうよ。そして、小さいけどおいしいって、売り出しましょう」

トムが力強く言い、マーティンが目を輝かせる。皆の心がひとつになった。王都よ、見ておれ。

＊＊＊

不毛の地ユグドランド島で皆が一体になったとき、王宮では覇王フィリップがしかめつらをしていた。

「最近、パンがまずいな」

晩餐の席でのフィリップの言葉に、給仕や侍従の動きが止まる。

「リタ様、マーゴット第七王女殿下の母君が、おいしいパンを焼くスキル持ちでしたから」

侍従が小声で伝える。

「そうか」

フィリップはモソモソとパンを食べる。

部屋に沈黙が広がった。

マーゴットは毎日、朝日がうっすら昇ったあたりでムクッと起き上がり、草刈りに行く。お日様が元気だと、草は毎日毎日、それはもうしつこく伸びる。油断すると、どんどん増える。定期的に、こまめに殲滅せねばならないのだ。

「おはようございまーす」

マーゴットが生き生きと刈っていると、眠い目をこすりながら、農家の人々もやってくる。

「マーゴット様、いつもありがとうございます。私たちの畑まで刈ってくださって」

農民はペコペコと頭を下げる。

「いいのよー。そのための草刈りスキルじゃないの。がんがん刈るわよ」

大きな草刈りハサミを持って、バリバリと草を刈っていくマーゴットは、客観的に見てとても怖い。目がランランギラギラしている。興奮した雄牛みたいだ。もう、草しか見えてませんって感じ。

どんどんと刈られて、スッキリしていく農地を見て、村人たちは感嘆の声をあげる。

「もう、規格外すぎる」

「これがスキルの力」

「私たち凡人とは速さが比べ物にならない」

褒（ほ）められて気をよくしたマーゴットは、もっとがんばる。応援するだけで、結果が得られてしまう現状に、人々は恐れ入った。

「本当にありがとうございます。草刈りって拷問（ごうもん）みたいだなって思っていたんですが」

「ああー、騎士団に聞いたことあるわ。ひたすら穴を掘らせて、その後また埋めさせるっていう拷問があるんですってね。生産性のない、意味のない作業って心折れるわよね」

刈っても刈っても、翌日にはニョキニョキ伸びていく雑草。スキル持ちでないとむなしくなるかもしれないな、マーゴットは思う。

「東方の国では、草刈りは賽（さい）の河原の石積みって言うんですって。石をどんどん積み上げて、魔物に崩され、またどんどん積み上げてって。それを繰り返す拷問があるらしいです。東方から来た旅人が言ってました」

「やってもやっても努力が報われないと、イヤよねえ」

分かる分かる。うんうん。皆が山と積まれた雑草を見て頷（うなず）き合った。

「でも、マーゴット様がいらっしゃってから、明らかに雑草の勢いが弱まりました」

「前は、本当に、やってもやっても終わりが見えなくて」

「ああ、私って植物に恐れられてるから。みんな萎縮しちゃうのよねえ。雑草はそれでいいんだけれど。野菜まで怖がるとまずいじゃない。だから、トムから野菜接近禁止令が出てるの」

マーゴットの言葉に、農民たちが顔を見合わせる。

「マーティン様と逆ですね。マーティン様がいらっしゃると、野菜が大きくなるんです。ですから、マーティン様がもっといらしてくださるといいのですが」

「そうなの？　マーティンさんは野菜を成長させるスキル持ちなのかしら？」

「いえ、そのう」農民たちは言いにくそうに口をモゴモゴさせる。

「マーティンさんは肩もみスキルのはずです」

ひとりが小声でこっそり言う。

「肩もみは野菜とは関係なさそうねえ。でも、実際に野菜が大きくなってるなら、もっと来てもらえばいいんじゃないかしら。私から頼んでみるわ」

「ありがとうございます」

いくら気さくな領主とはいえ、農地に頻繁に来てくださいと頼むのは気が引ける。農民たちは、マーゴットの言葉に笑みを浮かべた。


マーゴットの提案を快く聞き入れたマーティン。毎日、時間を取って農地を見回るようになった。

「やっぱり、マーティン様がいらっしゃると、野菜の成長が早いように思います」

「不思議なこともあるものだ。私が見回るぐらいで野菜が大きくなるなら、いくらでも来よう」

マーティンは執務をなるべく早く切り上げて、畑を訪れる。ところが、いいことばかりではなかった。

マーゴットはある日、朝の草刈りのとき、魔植物に遭遇した。

ツンツンとお世話猫に背中をつつかれ、猫の示す方向を見るマーゴット。畑のそばに、なにやら怪しい気配。マーゴットはゆっくり近づくと、じっくりと観察する。

ナス科特有の紫色の花、炒めたらおいしそうな分厚い葉、ウゴウゴと怪しく動く地面。

「マンドレイクね」

マーゴットの言葉に、畑で農作業していた人たちが、ポトリと鍬(くわ)を落とす。

「ええっ、マンドレイク」

「やばい」

「そんなの、今まで居住区に出たことないのに」

農民たちが青ざめる。マンドレイク、引っこ抜くときに、すごい叫び声を上げる植物だ。ウネウネもぐもぐと、不気味な動きも嫌われるゆえんだ。

駆けつけたマーティンと護衛たちが人々を遠ざける。

「任せてくださいな」

人々が十分に離れたところを見計らって、マーゴットはおもむろに葉っぱをつかむと、「キイァアアアアアー」と、とてつもない奇声を発する。皆、あっけにとられながら、両手で耳をふさいだ。マーゴットの耳は、お世話猫がモフッとふさいだ。

マーゴットがマンドレイクを引き抜くと、マンドレイクも悲鳴をあげる。きっとあげている。マーゴットの金切り声の方がひどくて、マンドレイクの声は聞こえない。マンドレイクはイヤそうにそっと口を閉じた。

「よっしゃ」マーゴットはすかさずマンドレイクの口元を葉っぱでグルグル巻きにする。

「あんたね、これからは叫ばず歌いなさい。美声よ。無理なら。そうねえ、マンドレイクって、いい薬になるのよねえ」

マーゴットはこれみよがしに草刈りハサミをカシャンカシャンする。マンドレイクはプルプルと揺れ動く。マンドレイクは、屋敷の庭園に植え替えられ、爽(さわ)やかな歌声を響かせるようになった。

「美声だし、心が洗われるが。なぜマンドレイクが現れたか、原因をつかまないと」

マーティンは領地の歴史を記した覚書を調べるが、何も分からない。

急遽(きゅうきょ)、魔植物の勉強会を開催することになった。魔植物に一番詳しいマーゴットが、教師役を引き受ける。

「ひとまず、主だった魔植物を見分けられるようにしましょう。見つけたら、すぐにマーティンさんと私を呼んでください」

マーゴットは黒板に次々と魔植物の絵を描いていく。

「皆さんご存じのマンドレイク。男性をあの手この手で誘惑するアルラウネ、ドライアド。虫を食べる食虫花、人を食べる食人木」

うわーん、子どもたちが泣き始めた。マーゴットは絵を描く手を止め、振り返る。

「あの、マーゴット。絵が、生々しすぎて、怖い」

写実的でとても細かいマーゴットの絵。今にも動き出しそうで、大人でも背筋が凍る完成度の高さ。

「絵は、俺(おれ)が書くから。マーゴットは説明だけしてくれる」

トムがマーゴットの手から白墨を取り上げる。マーゴットは不満そうだが、子どもに泣かれては仕方がない。肩をすくめて、説明を続ける。

「マイコニド、歩くキノコね。食べられるかどうかは、諸説あるけれど」

「食べない方がいいと思うよ」

トムは苦笑しながら、キノコの絵を描く。特徴をとらえ、適度に抽象化されたトムの絵は、怖くない。そして分かりやすい。子どもたちの顔に笑顔が戻った。

マーゴットとトムの連携により、島民たちの魔植物の知識が深まった。


原因が分からないまま、またしても魔植物が居住区に現れる。

「たいへんでーす、バロメッツが出ましたー」

「バロメッツ」

駆けつけた農民の叫びに、トムが先に反応した。

「メロンのような実に羊がなるあれか。島の食糧事情が劇的によくなるよ」

メロンに羊かー。果物と肉が同時にとれるのか。それはすごい。みんな、興味津々で見に行った。

確かに、野原にバロメッツがなっている。まだ一本、というか一匹というのか、とにかくひとつだ。

ニュッと伸びた茎の上に子羊がなり、器用に周りの草を食べている。

「大きくおなりなさい。おいしくおなりなさい。草は、毎日新鮮なのを運んであげます」

マーゴットが重々しく告げる。

なんせ、毎日大量の草を刈っているのだ。バロメッツが食べるものはいくらでもある。

「メエー」

バロメッツは、はーいという感じで鳴いた。食べられる運命なのに、健気だ。島民は少し哀れになった。でも、メロンと羊肉は食べたいので、そっと考えることをやめた。弱肉強食、食物連鎖。それは世のことわりなのだ。仕方のないことだ。

日に日にバロメッツが増える。島民たちは、心を込めてお世話をした。


「たいへんでーす、ドライアドが出ましたー」

「ドライアド。男性を誘惑する木の精ね。植物界のサキュバスね」

狙った男を甘美な夢で誘惑し、人体の限界を超えた快楽を与え、絶命させる。淫魔サキュバス。厄介だわ。マーゴットはマーティンを待たず、さっさと農民と向かう
駆けつけた先には、あられもない、ほぼ裸体に近いドライアドの乙女たち。そして、乙女たちに絡みつかれているトムの姿。

ジャキンッ　マーゴットの草刈りハサミが、かつてない音を立てた。

トムにまとわりついているドライアドたちが、シャーッと猫のように歯をむき出す。

シャーッ　マーゴットの後ろでお世話猫が本物のシャーッを見せた。マーゴットの髪が揺れ、ドライアドたちは、ヒッと抱き合う。

ジャッキンジャッキン　マーゴットは大きな目をさらに見開いて、大事な仕事道具を開けたり閉

じたり。ギラリと輝く鋭い刃先。キャッとドライアドは小さな悲鳴をあげる。

「男性たちが自ら望めばねえ。それを私が止めるのはヤボだと思うけれど」

マーゴットはいつになくどす黒い声を出す。

「でも、騙してたぶらかして、気づいたら何年もたってたとなるとねえ。かわいそうじゃない。ほどほどにね。そして、分かってるわよねえ」

マーゴットは、ドライアドとトムを交互に、何度もしつこく、順番に見た。ドライアドはパッとトムから離れる。マーゴットは半目で、重々しく頷いた。

固唾をのんで様子を見守っていた農民たち。ドライアドが消えると、ススッとマーゴットから距離を取る。もしかして、だって、あれって、ねえ。そんな、なんとも言えない雰囲気で消えて行く農民たち。

残されたふたりは、気まずい雰囲気で向かい合う。

「ごめん、ついうっかり」

「気をつけなさい。いつでも私が助けられるわけじゃないのよ」

気まずそうに頭をかくトムに、厳めしい顔でマーゴットが重々しく告げた。

＊　＊　＊

マーゴットとトムが少し気まずくなっているとき、王宮ではフィリップ王が困惑していた。

「庭に魔物が？　まさか」

「植物系の魔物が暴れております。マンドレイク、ドライアド、トレントなど」

「はあっ？」

フィリップが軍を率いて庭園に行くと、植物たちが荒ぶっていた。雑草は伸び放題、木も生い茂り、森のようになっている。

「なんだこれは。庭師はどこに」

「それが、マーゴット様が去られたあと、ひとり抜け、ふたり抜け。いつの間にか人手が足りなくなり」

「クッ、植物の魔物など、私のスキルにかかれば一瞬で」

フィリップは剣をふるうが、植物たちはのらりくらり、ゆらりはらりと逃げ、なかなか倒せない。

その日は、植物討伐で一日が終わってしまった。

「陛下、マーゴット様とリタ様を呼び戻してはいかがでしょう。聞くところによると、マーゴット様の草刈りスキルのおかげで、庭園が平和だったようです」

フィリップは仏頂面（ぶっちょうづら）で答えない。

9. トレント

「たいへんでーす、トレントが出ましたー」

「なに、トレント」

「やばい」

長命で知的なトレント。味方になってくれれば心強いが、敵に回れば町が破壊される。畏怖(いふ)されている魔植物だ。

「穏便に、お話し合いをしてくるわ」

マーゴットは、お気に入りの巨大草刈りハサミを肩に乗せる。まったく、どう見ても穏便ではないが。マーティンと護衛は、いつでもマーゴットを止められるよう、ピッタリと後をついていった。

マーゴットが刈りまくった野原と森の境に、確かにトレントがたたずんでいる。静かで穏やかでのんびりと表現されることの多いトレントだが。

「三つの質問に答えてやろう」

厳(おごそ)かな口調で、いきなり突飛なことを言い出した。

「魔植物がモッ」マーゴットが話し出したとき、お世話猫がモフッとマーゴットの口を押さえた。

お世話猫がマーティンと目を合わせる。マーティンは何度も頷(うなず)いた。

「考える時間をください」

マーティンはトレントに丁重に伝えてから、マーゴットにささやく。

「一緒によく考えましょう。叡智（えいち）と称されることの多いトレントです。こんな機会は二度とないかもしれません」

お世話猫はそろーりとマーゴットの口から手を離す。マーティンとマーゴットは、トレントに背を向けてヒソヒソコソコソ話し合う。

「え、いや、それは。うーん、どうなんでしょう」

「だって、三つって言ったでしょう。三つには違いないではありませんか」

「許されますかね」

「試す価値はあるんじゃないかしら」

自信たっぷりなマーゴットと、挙動不審のマーティン。大体いつもと同じだ。

「では、一つ目の質問です。お願いします」

マーゴットはハキハキと言う。聞き取りやすく、誤解のないように、きっちりと。それが大切だろう。

「居住区に魔植物が出る昨今ではありますが、理由が定かではなく、しかしながら島には他（ほか）の問題もあるわけで、例えば塩害、水不足、雨が降らない、夏が暑い、一体どこから手をつけようか頭を悩ませたり、色んなことがあるけれど、こうすると島がよくなるよって手っ取り早いなにか、包括的かつ抜本的な解決策はありますか？」

ふぃー　マーゴットはやり遂げた満足感で長い息を吐く。パチパチとお世話猫が拍手し、マーゴットの額の汗を拭いた。マーティンは半目で遠くを見ている。

「ふたつ目の質問です。お願いします」

「待てーい」

トレントがグラングラン揺れながら、大きな声を出す。

「質問が長ーい」

「そりゃあ、そうでしょう。三つなんてケチくさいことおっしゃるから」

お世話猫がそっと手をマーゴットの口元に近づける。

「そなた、それは、なんというか。うーむ。ズルくないか」

「ズルくないです」

マーゴットは胸を張って、腹から声を出した。こういうのはオドオドすると負けだ。

「うー、仕方がない。自分で答えにたどり着いてもらいたかったところだが」

トレントはブツブツ言いながら、木の体の中から葉っぱの包みと古そうな紙の束をくれる。マーゴットは満面の笑みで受け取った。

「これ、しっかり持っててね」

マーゴットは即座に包みと紙の束をお世話猫に渡す。自分で持っているより、安全そうだし安心だ。お世話猫は嬉しそうに、どこかにしまった。

「それでは、達者でな」

「待てーい」

今度はマーゴットが大声を張り上げる。

「まだあと二つ質問が残っていまーす」

「そなた、図々しいな」

「いやいやいや。三つって言いましたよね」

マーゴットは絶対に逃がさないと、ズンズン近寄る。

はあー　トレントは深いため息を吐いた。マーティンは目を閉じて無になっている。

「仕方ない、聞いてやろう」

「ふたつ目の質問です。包括的で抜本的な解決策を与えていただいたっぽい予感はありますが、本当に効果があるのか、はたまた我々に実行できるのか定かではないところもあるわけで、今後、叡智と呼ばれるトレントさんにご相談したいときはどうすればいいですか？」

「お世話猫に言えば、ワシのところまで案内してくれる」

トレントは渋々答えた。

「ありがとうございます。では、三つ目。島の問題をある程度解決し、それなりに豊かになったとして、今後永続的に領地を栄えさせるには、漁業と農業以外の何かが必要だと思うのですが、何がいいですか？」

「そうだの。まずは、先ほどの紙の束をよく読み、対策してみればいい。その後、誰か人間の知恵者がここを訪れるであろう。その者と話せば何かが見える」

「ありがとうございます。今後ともよろしくお願いします」

マーゴットとマーティンはきっちりと頭を下げた。トレントは疲れ切った様子で森に消えていった。

「やりました」

マーゴットがピョンッと跳びあがり、お世話猫と手を合わせる。マーティンは抜け殻のようになっている。

「マーゴット様は、すごいですね」

マーティンの言葉に、気が遠くなる思いで見ていた護衛たちが深く深く頷いた。

10. 新しい事業と訪問者

トレントからのありがたい紙の束(たば)は、領主の頼りになる執務補佐官ベネディクトが、全力で解読している。古語で書かれていたり、文字がボヤけているため、一朝一夕にはいかない。分かったこと、すぐ対策できそうなことから順次手を打っているところだ。

葉っぱの包みには、色んな種類の種が入っていた。貴重な種だろうということで、お世話猫に引き続き預かってもらっている。使い道が判明した種から、栽培を進めている。いずれ、全ての種が有効活用されるだろう。

「マンドレイク？　いや、違うな。これは、マングローブと読むのか。海水で育つ樹木だと。みっしりと密集して茂る様はタコの頭のよう、根っこはタコの足のごとく？　タコなのか、植物なのか、なんなのか」

絵を見ると、樹木だ。ベネディクトは、これは木だと納得する。

「マングローブの突き出た根っこの下には、魚介類が生息する。土壌(どじょう)が豊かになり、防波堤の役割も果たすとあるな。ユグドランド島にうってつけの樹木ではないか。早速植えなければ」

ベネディクトはすぐさま、トムに相談しに行く。庭師たちが集まって、まずは庭で海水を注(そそ)ぎながら育て、ある程度大きくなったら海辺に移植することになった。

不思議な種は、普通の植物ではあり得ない速さで成長し、すぐさま海辺に植え替えられた。そして、何もしていないのに、勝手にドンドン育ち、増える。不毛の色だった波打ち際が、すっかり緑で覆われた。

「奇跡か」

「奇跡だろ」

「トレント様ー。ありがとうございますー」

どこにいるかは分からないが、島のどこかにいるはずのトレントに向かって、島民がお礼を叫ぶ。

そんな調子で、不思議な樹木や果樹が増えていった。

「オレンジとキウイがいい感じです」

「ああ、春の果物だもんな。いいぞいいぞ」

ホクホクする庭師たち。

「リンゴと桃とブドウがなりました」

「えっ、それって秋の果物」

「トレント様の奇跡ですかねー」

庭師たちは、季節をまるっと無視する果物に頭を抱える。

「どうも、季節は気にしなくていいようです」

今までの常識を粉々に打ち砕く、果物たち。庭師を中心に、島民たちは話し合う。

「なあ、こんなに果物がなるんだったら、売れるよなあ」

「でも、日持ちしない果物もあるからな」

「ここに来て、食べてもらえれば一番いいんだけど」

「果物狩りとか」

「何それ」

「お貴族様は、果樹園でピクニックして、イチゴとか摘んで食べるらしい」

「へー、ここならやり放題だな」

「マーティン様とベネディクト様にご相談してみましょう」

もちろん、マーティンとベネディクトは大喜びだ。産業のない島に、売り出すものができ、観光の目玉までできた。

「日帰りではなく、長く滞在していただきたい」

「そうですよね。一泊だと、いっぱい食べられないですもん」

「ホテルを作るか」

「いっすねー、ホテル」

「ホテルかー。ユグドランド島ホテル。うん、響きがいい」

島民たちのやる気が盛り上がる。

「でもホテルって、宣伝とか必要ですよね。いい食器とか必要なのでは」

「ホテルなんて、どうやって作ればいいいんだろう」

「お客様をどうお迎えすればいいのかな」

島民たちの不安そうな表情に、マーティンがあっと思いついた。

「世界中を旅している商人がいます。彼に聞いてみますよ。彼なら必要な物も仕入れてくれるし、伝手がたくさんあるから、宣伝も任せられる。よし、すぐ手紙を書いてみよう」

＊＊＊

「青い空、白い雲、穏やかにうねる波、ミャアミャアと鳴く海鳥。風流ですなあ」

船の上からあたりを見渡して、男は感嘆の声を漏らした。

「やや、やっと、不毛の地ユグドランド島が見えてきましたよ。うむ、なんだか森も草木も青々としていて。おかしいですね。確か塩害で植物が育たない不毛の地だったはず」

うっそうとした木々が、元気よく生い茂っているように見える。鮮やかな花も咲き、ツヤッとした果実もなっているように見える。おかしいな。男は首を傾げた。

覇王フィリップが無能スキル持ちを追放し、ノイランドの王都は徐々に荒れていると噂を聞いている。そして、追放されたハズレスキル持ちが不毛の地ユグドランド島に集まっているとも。何かが起こりそうな予感にやって来たわけだが。

「何かが起こっていそうですなあ」

男はニコニコと微笑んだ。船を降りると、男や女がワラワラと集まってくる。

「お客さん、いらっしゃい。荷物運びますよ」

ほっそりした女が声をかけてくる。

「いやいや、あなたのような女性に荷物を運んでもらうわけにはいきません」

断ったが、女は笑いながら荷物をヒョイヒョイと荷馬車に乗せる。

「ご心配なく。私、荷物運びスキル持ちなんですよ。重くても平気です」

「ははー、それはすごい。あなたのような有用なスキルの方まで、そのう、追放されたんですか？」

男は小声で尋ねた。女もコソコソと答える。

「ほら、女が重い荷物運んでると、すっごくひどい職場に見えるじゃないですか。分かってる人なら問題ないですけどね。外聞が悪いってんで、放り出されたんですよ」

女は仕方ないという風に、肩をすくめる。

「でも、ここならうるさく言う人はいないし。みんな、なんかのスキル持ちなんだろうなって目で見てくれるから。問題ないんですよ」

「ははー、なるほどですね」

男は、その界隈(かいわい)ではちょっとした顔なので、領主の屋敷に泊まれることになっている。領主マーティンは、気さくに男を迎えた。

「お待ちしていましたよ。よくいらしてくださいました」

「なんだか予感がしていたところです。お手紙いただいて、すぐにやってきました」

ふたりはガッシと握手をする。フワーン　その途端、男の体から疲れが消えて行く。

「おや？」

男は肩を上げ下げ、首をグルグル、両腕を伸ばした。

「船旅でこわばっていた体が柔らかくなりました。疲れもすっかり消えました。もしや、マーティン様は、癒しスキルをお持ちですか？」

男の言葉に、マーティンは照れ笑いをする。

「いやいや、そんな癒しスキルだなんて。大層なスキルではありません。私のスキルは、肩もみなのです。ええ、王国中の貴族から笑われました」

情けない顔をするマーティン。男は不思議そうに体をあちこち調べる。

「スキルは向上すると言いますから。肩もみスキルが癒しスキルになったのかもしれませんよ。こんなに体が軽やかなのは、何年ぶりだろうか」

男は、ピョンピョンはねる。ポヨンポヨンと男のふくよかな腹が揺れ、客間の家具がきしんだ。

「ぜひ庭でお茶などいかがですか？　ビールもあります。最近流行り始めたジュースもあります」

マーティンに誘われ、男は庭のテーブルに腰かけた。運ばれてきたのは、色鮮やかなジュース。涼やかなガラスのグラスに入った華やかなみどり色のジュース。グラスの縁にはみずみずしいメロンが飾られている。男はワクワクしながら、少しだけ口に含む。

「甘い」

パアッと満面の笑みを浮かべて、男は夢中で飲み干した。

「おいしい、最高です！　もういっぱいお願いします」

「最近おいしいメロンがとれるようになりましてね。では次は別の果物で」

艶やかなピンク色の花が飾られた、白いジュースが男の前に出された。ソワソワとひとくち飲んで、男はまたもや目を輝かせる。

「甘酸っぱい。これはなんの果物ですか？　初めての味です」

「フェイジョアという果物です。塩害に強いらしく。最近、栽培を始めたのです」

マーティンの説明を聞きながら、男はじっくりとフェイジョアジュースを味わった。

「あのですね、マーティン様。このジュース、おいしいです。おいしいのはもちろんなのですが」

男はうーんと悩んだ上に、口を開いた。

「癒しの効果があると思います。船旅で少し胃がムカムカしていたのですが。それがすっかり消えました。肩もみなのか癒しなのか。マーティン領主様はすごいスキルをお持ちだと思いますよ。もう一度鑑定されてはいかがですか？」

マーティンは口をあんぐり開けて、フッと真顔になって口を閉じた。はあーっと息を長く吐く。

「もしかしたら、肩もみスキルが癒しスキルに進化したのかもしれません。でも、鑑定はしません。下手に王家にバレたら、何をされるか分かりませんから」

「そうですね。そうかもしれません。王宮で働くように強要されることもあり得ますね」

ふたりの大人は顔を見合わせて、小さく頷く。

「他言無用でお願いしますよ」

「分かりました。では、ここを極上のリゾート地にする手助けをさせてください。私の商会の商品もぜひ売らせていただきたい。こちらの果物の取引もお願いします」

男はニッコリと笑った。やり手の商人が、ユグドランド島と手を組んだ瞬間であった。

　トレントが予告していた通り、有数の商人の助言が受けられた。

　一流の商人の後押しを受けて、ユグドランド島一大リゾート化計画が始まった。王宮で働いていた、メイド系スキル持ちは大張り切り。まさに、腕の見せ所、輝く場所をよこしなさいってなもんだ。

「バロメッツからいい羊毛が取れましたから。フカフカのお布団やクッションが作れます」

「ドライアドたちが、木のツルを編んでハンモックを作ってくれるらしいです」

「ブランコもあります。なんならドライアドが押してくれるらしいです」

　魔植物の協力体制が万全だ。マーゴットは草刈りハサミの威力に気を良くする。

「でもやっぱり、目玉はあれですわよねえ」

　皆の視線が一点に集中する。ビクッ　お世話猫が皆に見られて姿勢を正した。

「モフには勝てません」

「ええ、モフモフは最強の癒しです」

「一日一モフ」

　みな、モフモフ言いすぎである。言いたいだけだろう。モフって語感がいいわよね。マーゴット

は思った。

　メイドスキル持ちたちは、ふと疑問を口に出す。

「でも、どこに泊まるのかしら？」

「マーティン様のお屋敷、てわけにはいかないわよねえ？」

「ホテル建てるのって、大変よねえ」

　首をひねる人たち。

「トレントに相談しましょうか」

　困ったときのトレント。マーゴットとマーティンはお世話猫と歩き出す。森の中で忙しく若木たちの世話をしているトレント。マーゴットは遠慮なく邪魔する。

「おはようございます。この島を一大リゾート地にすることになりました。どこかにホテルを建てたいので、助言をください」

　トレントがクワッと目をむいた。

「過剰な伐採、ダメ、絶対」

「はい。ですから、いい感じの場所を教えてください」

　トレントはむっつりと押し黙る。森に沈黙が広がった。

「日が昇る丘がよかろう。種は持っているか」

　トレントの問いに、お世話猫が胸をモフッと叩(たた)いた。

　トレントの後につき、お世話猫に助けられながら、森の中を進む。行けば行くほど、草木の勢いが強くなる。

「刈りながら進みましょうか」

トレントが渋々許したので、マーゴットは先頭に立って道を切り開く。あとの者を置き去りにするぐらいの勢いで、マーゴットは前進する。順調に歩みを進めていたが、突如、巨大なツルが行く手を阻む。威嚇するかのようにトゲトゲした太いツル。

「どうしよう。ハサミが入らないわ」

何度か刃を開け閉めするが、ツルッと滑って逃げていく。

「困ったわね。ハサミを突き刺せばいいかしら」

エイッエイッ　マーゴットは草刈りハサミをツルに刺していく。しばらく続けて、マーゴットは振り返った。

「どなたか、剣を貸してくださらない」

護衛が我先に剣を渡そうとしたところで、お世話猫がスッと巨大な斧を差し出す。

「ありがとう」マーゴットは笑顔で斧を受け取ると、「やーっ」と叫んで斧を振りぬく。

ギャーという断末魔は、マーゴットの耳には入らなかった。

バサバサバサッと鳥の群れが飛び立つ。マーゴットはわき目も振らず、斧を振りまくる。

「もう、そろそろ、そのへんで」トレントの緑色がどす黒い色になったとき、ぽっかりと空間が広がる。今までの緑の暴走とうってかわって、白い砂に覆われた丘が先に見える。大きな岩が連なった不思議な建物。

「伝説の巨石神殿」ポツリとマーティンがこぼした。

マーゴットはためらわず近づいていく。マーゴットを遥かにしのぐ巨石が立ち並ぶ。圧迫感で息が詰まりそう。マーティンは首元を少しゆるめた。

「この目で見られるとは思わなかった。どこかにあるとは思っていたけど」

マーティンは静かに跪くと、豊穣神に祈りを捧げる。マーゴットも隣に跪き祈った。

「この丘に、残っている種をまけばいい」

トレントに言われるまま、マーティンは残りの種を全部ギュッとひとまとめにして、地面に埋めた。

「祈りを捧げよ、再生王マーティン。再生王と破壊王、ふたりの王が揃った今、そなたの力も解放されていよう」

トレントは静かに告げる。マーティンは、種を埋めた場所に両手をついて、ひたすら祈った。

ムクムクと土が盛り上がり、マーティンの手の下から緑の目が勢いよく伸びていく。マーティンは手を離さず、祈り続ける。マーティンの額から、ぽたりぽたりと汗が落ちる。

＊＊＊

トレントから渡された紙の束を、ベネディクトは手袋をはめた手で注意深くめくる。ゆっくりと、破らないように細心の注意をはらう。島の地図らしき絵と、一節の詩。

「これは、創世神話か。王都にある神話とは違うな」

ベネディクトは読み進めるうちに、思わず立ち上がった。

「まさか、マーティン様が再生王、マーゴット様が破壊王ということか。ふたりの王が揃うと、王の力が解放され、島は元の形に戻るとあるが。元の形とは一体」

そのとき、急にあたりが暗くなった。雨でも降るのかと、ベネディクトはチラリと窓の外に目をやる。

「なんだ、あれは」

ベネディクトは慌てて外に駆け出した。島民たちも皆、同じ方向に走っていく。

12.

破壊王の帰還

居住区の半分が陰るほどのすさまじい巨木を前に、マーゴットは言葉を失った。見上げると空に届きそうに、そびえ立っている。

「マーティンさん、大丈夫ですか？　お水飲んでください」

力を使い切ったのか、ぐったりしているマーティン。護衛が助け起こし、お世話猫が水を飲ませる。

「よくやった、再生王マーティン。これで、島は元の形を取り戻した。世界樹と共に生きよ」

マーティンはトレントを見つめて、呆然(ぼうぜん)としている。トレントから視線を外し、巨木をまじまじと見上げ、マーゴットに目を向ける。何度も口を開くが、言葉にならない。お世話猫が優しくマーティンの背中を叩(たた)く。マーティンはもう一度、水を飲み、深く息を吐くとトレントとマーゴットに頭を下げた。

「ありがとうございます。そして、マーゴット様も。マーゴット様が島に来てくださったおかげで、全てが好転しました」

マーティンの目からハラハラと涙がこぼれ落ちる。

「なにもかも、マーゴット様のおかげです」

マーティンは嗚咽の合間に、きれぎれに言う。マーゴットはのけぞった。

「私のおかげの部分がどこにもありませんが。全部マーティン様の力じゃないですか。祈って世界樹出せる人が何をおっしゃいますやら。もはや聖人の域に達してらっしゃいますよね」

草を刈るしかできないマーゴット。世界樹を生み出せるマーティン。どちらが上かなんて、わざわざ言わなくても明らかではないか。嫉妬の気持ちすら起きない。格が違うとはこのことだ。マーゴットは思う。

「領主に代々残された口伝があるのです」マーティンは涙を拭いて、スッと立ち上がる。

「王は常にふたり。破壊と再生。陰と陽。死があってこその生。破壊の王は種を持って島を出た。再生の王は、破壊の王の帰還を待て」

「はあ」盛り上がっているマーティンには悪いが、マーゴットにはなんのことだか分からない。薄い反応しかできない。

はあ、へー、そうなんですねー。棒読みを繰り返すマーゴットに、マーティンは切々と訴える。

「元来この島は生命力が強いのです。少しの手助けで植物が育ちます。だからこそ、死をもたらす破壊の王が重要だったのです。でないと植物が飽和して人が住めなくなります」

なるほど、草刈りが喜ばれるわけだ。マーゴットにも少し事情がのみこめた。

「破壊の王が出ていってから、島が飽和しないように、生かさず殺さず。植物がはびこりすぎて土がボロボロにならないよう。かといって本当の不毛では人が死ぬ。ギリギリの攻防を何代も続けていました。やっと、破壊王マーゴット様の帰還で、島は元々の状態に戻ります」

「もっと早く王を戻してって王都に言えばよかったじゃないですか」

「新しい王が立つたび、代々の領主は帰還のお願いをしてきました。新しい王が破壊王か再生王かは分かりませんが。とにかく、毎回お願いするのが領主の務めです」

「フィリップ陛下は、もしかしたら破壊王かもしれませんわね。伝統や慣習をバッサバッサ改善されていますもの。お父様は、博愛ですから、破壊王ではないような。あ、でも妻たちの心を破壊しているかも」

ハハハハハ、乾いた笑い声がマーゴットとマーティンから漏れる。

「残念ながら、破壊王は一度も帰って来られませんでした。今では、そもそもこの地が王国の始まりだったこと、王がふたりいたことも忘れられているのではないかと」

「あり得ますね。私、ひととおりの教育は受けましたけれど、そんなことこれっぽっちも聞いたことがないです」

「やはり、そうですか。捨てた側は、捨てたものを思い出したりしませんよね」

「まあ、ほら。ちょうどよく私が追放されてきてよかったということで。ね」

細かいことはよく分からないけれど、強引にまとめるマーゴット。自分は今まで通り草刈りをやっていればいいのだろうと。難しいことを検討するのは領主であるマーティンの仕事だし。そんなことを考えていると、ぞろぞろと島民たちがやってきた。

「マーゴット様がマーティン様を泣かせてる」

「まさか、告白？」

「え、マーティン様、振られた」

失礼なことをつぶやく人たち。

「告白されてませんし、振ってません。世界樹ができたので、感動されてるだけですよ」

マーゴットはありのままを伝えた。

「急に大きな木が伸びたので、驚きました」

「まさか、世界樹をこの目で見るとは思いませんでした」

島民十人が手をつないでも、まだ足りないぐらいの太い幹。

「ここがリゾート用のホテルになります。小さな木の家を枝の上に建てればいいんじゃないかしら」

トレントとお世話猫が頷いているので、方向性は合っているようだ。

「それにしても、こんな場所があったなんて、まったく知りませんでした」

「隠れた秘境みたいじゃないですか」

「神殿までありますね」

島民たちは、自然と神殿に集まり、跪いて祈りを捧げた。マーティンは幸せそうに笑った。

＊＊＊

島民が、ホテルづくりに精を出し始めたとき、王宮では覇王フィリップが動揺していた。

「ユグドランド島に世界樹ができただと？　バカな」

「世界樹かどうかは議論が待たれるとしても。対岸から見えるほど巨大な木であることは確かです」

部下が出て行ったあと、フィリップはじっと考え込んでいる。代替わりの際に、父王から伝えられた言葉。

「王は、いずれ始まりの地に帰らねばならない」

肝心の始まりの地がどこかは伝えられない。失伝したのだろう。

「そういえば、ユグドランド島の領主から、破壊王のお帰りをお待ちしております、という手紙をもらったことがあるが。何をふざけたことをと思っていたが」

まさかな。あんな小島が始まりの地なわけがあるまい。誉れ高きノイランド王国の王都は、ここそふさわしい。断じてあんな小島ではない。

「庭の魔植物に世界樹のウワサ。忌々しい」

フィリップはギリギリと唇を噛んだ。

「その上、パンまでまずくなったときている」

フィリップは、パンが好きだ。好きだったと言う方が正しいか。フワッとモチッと香ばしいパン。毎食、五つ六つと食べたいところを、グッとこらえて三つにしていた。パンを食べすぎると太るからだ。たるんだ体の覇王など、見苦しいではないか。フィリップの美学がパンを思いっきり食べることを許さない。

それなのに。楽しみにしていた三つのパンが、まずいときたら。

「何を楽しみに生きていけばいいのか」

ダンッ　フィリップは机を叩く。

「呼び戻すか」

いや、追い出しておいて、すぐに呼び戻すのは、ないな。フィリップは、まずいパンを食べる運命を受け入れた。

13. 目覚め

破壊王が去ってから、眠っていたトレント。草木と一体になり、ゆるゆると半覚半睡の状態で長い年月がたった。取り残された王の悲哀も、伸びたいのに伸びきれない草木の不満も、汚れていく土も、閉塞感に窒息しそうな民も。トレントは見てきた。

肥沃で魔力の豊富な土壌。破壊王がいないと、あっという間に魔植物と魔物がはびこる。残された民は、少しずつ陰の気が多い北の方に住居を移していった。南の方は陽の気が多い。植物を成長させる力が強い再生王がいると、植物が繁殖しすぎてしまう。草を刈り取る破壊王ぬきで、南に住むと人が植物に飲み込まれてしまう。

死の気配が濃厚、植物が育ちにくい北の地なら、再生王が住むことでちょうどよくなる。北の地で細々と生き残る人たち。刈る人のいなくなった南では、魔植物と魔物が我が世の春を謳歌するようになった。だが、それもそれほど悪いことではない。よそ者を寄せつけない、天然の要塞となっている。おまけに海にはシーサーペント。厳しい海流とシーサーペントで、船はめったに来ない。破壊王の帰還まで、島はひっそりと閉じていった。

ダンッ　ドシンッ　破壊王の帰還はすぐ分かった。揺れ動く大地、ざわめく草木、歓迎に打ち震

える大気。刈る気満々の、若き王が戻った。トレントは強張った体を少しずつ動かす。長年、一体となっていた草木はなかなか離れない。それは、お世話猫も同じだった。絡みつく草木やツルからなんとか逃れようとしていたとき。覇気が近づいてきた。

ギラギラと光る大きな目、朝日に輝く刃。あっという間に雑草は刈られていく。お世話猫は運よく破壊王に気づいてもらえたから助かったが。トレントはもう少しで真っ二つにされるところだった。危ういところで、破壊王のハサミと絡みつく草木から逃れたトレント。慌てて森の中に隠れたのだ。まだ力を出し切れない。もっと覚醒しなければ。あの破壊王の勢いに勝てない。

「王を導かなければならないが。できれば己の力で答えにたどり着いてもらいたいものだ。答えをすぐ教えると、成長しないからの」

トレントの願いは、まったく届かなかった。遠慮がなくグイグイくる系の王女マーゴット。図々しく、距離を縮め、あっさりとトレントから答えをもぎとる。やり手と言ってもいいかもしれない。

一方、お世話猫はやる気に満ちあふれている。お世話猫の仕事は、破壊王を癒すこと。マーティンもマーゴットも気づいていないが、マーティンに、マーゴットは癒せない。並び立つ拮抗する王。マーゴットはマーティンを刈れないし、マーティンはマーゴットを癒せない。

破壊王を癒せるのは、お世話猫だけなのだ。ずっとお世話できる主人を待っていたお世話猫。やっと仕事をさせてもらえるので、ウキウキしている。

マーゴットは柔らかくてかわいらしい女王。お世話猫の腕が鳴る。モサモサの髪をときほぐし、ブラシでツヤを出し、目覚めのジュースを飲ませ、草刈りにお供する。日差しがきつい日は、真っ白な肌が赤くならないよう、そっとオマジナイをかける。柔らかい手の平にタコができないよう、念入りにマッサージ。寝返りを打って掛け布団がずり落ちていないか、夜中にそっと確認。草刈りハサミを磨き、刃を研ぐ。お世話猫の毎日は充実している。たったひとつ。たったひとつだけ、待ち望んでいることがある。名づけだ。前の王は、守るという意味の、シュッツェという名をくれた。麗しくて朗らかなマーゴット女王。どのような名前をつけてくれるだろうか。お世話猫はソワソワしながら楽しみに待っている。ところが、待てど暮らせど名前をつけてもらえない。たいてい、モフ猫ーって呼ばれている。

あれ、私の名前、モフ猫で決まり？　お世話猫は不安になった。モフ猫は人の言葉は話せない。でも、トレントなら分かってくれる。モジモジしているお世話猫に変わって、トレントが突っ込んでくれた。

「破壊王よ、お世話猫に名前をつけてやってくれ。ずっと心待ちにしておる」

「名前。モフ猫でいっかと思っていたけど」マーゴットはがっかりしているお世話猫の様子を見て、慌てて言葉続ける。

「えーっとね。そうねえ。本で読んだのだけれど。生命の樹ケセドと大天使ツァドキアルの冒険譚。ちょうどいいんじゃない。トレントはケセドで、モフ猫はツァドキアル。どうかしら？」

突然考えた割にスラスラといい案が出て、マーゴットはご満悦だ。

お世話猫は、予想以上に豪勢な名前に感極まって、言葉も出ない。いや、元々話さないが。大天使、まさか大天使の名をもらえるとは。大天使といえば、真っ白な翼。ニワトリみたいな。いや、ニワトリはどうなのかしら。卵を産むのはいいところだけれど。あの小さな羽でこの巨体を持ち上げられるとは思えない。毛の部分が多くて実の部分は小さいけども。でもでも。もっと大きい鳥の方がいいのでは。でないと、体と釣り合わない。何かしら。ワシ、タカ、ペリカン。どれも白くないわ。白くて美しい大きな翼。白鳥だわ。白鳥ー。

ペカー、トレントが金色に輝き、ファッサア、お世話猫に真っ白な翼が生えた。

「うーん、できすぎ」

生命の樹と大天使に進化した風の二体を見て、マーゴットは頭を抱えた。

ツァドキアルは呼びにくいので、ツァールと短縮された愛称で呼ばれることが多くなったお世話猫。大天使ツァドキアル、はたまた皇帝ツァール、名前が重すぎるのでは。でも、名づけは名づけなので、名前にふさわしい立派なお世話猫になる所存である。誇らしい気持ちで、マーゴットのお世話をし、世界樹にホテルを建てている人たちをせっせと手伝う。

14. すり合わせと組み合わせ

トレントとお世話猫がいるとはいえ、ホテルを建てるのは簡単ではない。まず全体像が見えない。誰も分からない。言うことがバラバラ。

「枝の上に小さな家を置くんでしょ。鳥小屋が枝ごとにたくさんある感じ」

マーゴットはそれしかないと力説する。

「それなら建てるのも修理も簡単じゃない」

「確かに」

マーティンをはじめ、賛同する人多数。

「嵐が来たら小屋が吹っ飛ぶんじゃないかしら」

「安定しないから危ないと思う」

「わざわざリゾート地に来て、小屋に泊まるのはちょっと」

「そう言われると、その通りですね」

マーティンはなるほどと納得する。

「世界樹のある場所を中庭に見立てて、その周りをグルッとホテルで囲むのがいいんじゃないかな」

「四角く建物を作って、真ん中に空間があって、そこに世界樹があるってことだよな。俺もそれが

いいと思う」

「単純なのが一番安全だと思う」

「一理ありますね」

なんにでも感心するマーティン。素直か。

「そんなの、普通すぎてつまらないわ。王宮と違わないじゃないの」

マーゴットが声高に異を唱える。

「せっかく離島に来たのに、普通の家に泊まるなんて。退屈ではないかしら。大事なのは、非日常感よ」

「どんなお客様を想定していますか？」

マーティンの執務補佐官、あら探しスキル持ちのベネディクトが疑問を口に出す。

「それはやっぱり、貴族でしょう。お金持ちで、色んなところを旅行していて、ちょっとしたことでは驚かない人たちよ」

末席とはいえ、王族のマーゴット。お金持ち貴族のことをよく知っている。

「どこぞの国の王族も可能性があるわ。王位継承順位が低くて、責任も軽くて、でもお金と暇はたっぷりあるっていう」

「さすがです、マーゴット様」

マーティンは新たに見るマーゴットの一面に目を見張る。

「他（ほか）の国の王族とか、お金持ちの貴族とか。そんな人をどうやってお迎えすればいいのかしら」

一人の島民が怯えたような顔で不安を口にする。

「王族なんてどう接していいか分からない。ずっとひれ伏していればいいのかしら」

「不敬だって、切られたりしないかしら」

「王族って、なにを召し上がるのかしら。魚でいいのかな」

一気に疑問点が噴出する。

「みんな、落ち着いて。いい、私も王族よ。まあ、末端だけれど。私と接してるようにすればいいの。みんなが誠実でいい人だってことが伝わればいいのよ。礼儀作法は一通り教えるけれど、大事なのは人間性よ」

青ざめていた人々が、パアッと明るくなる。

「しかし、マーゴット様は普通ではないから」

つい問題点を見つけてしまうベネディクト。明るくなりかけてきた気分に水を差してしまい、ハッと気づいて口を閉じた。

「まあ、マーゴットは一般的な王族じゃないけど。でも、大丈夫じゃないかな」

トムがとりなすように、笑顔で言った。

「旅行に来るってことは、その土地の風習を知りたいって気持ちもあるんだよね、きっと。なら、これがユグドランド島の最上のおもてなし。ユグドランド島の王族にとってはこれが普通。それで押し切れないかな」

「いいと思います。よその家にお邪魔するなら、その家の流儀に合わせてもらわないと」

リタがニコニコしながらトムの言葉を後押しする。

「リタ様がそうおっしゃるなら」

「大丈夫な気がしてきました」

「だって、リタ様ですし」

島民からのリタへの信頼感がすごい。マーゴットよりよっぽど王族だと思われているかもしれない。ハサミよりパンだわよね。胃袋つかむと強いわよね。マーゴットは心の中でブツクサつぶやいた。

「では、意外性と非日常感を大事にするということで、マーゴット様の案を採用しましょうか」

マーティンがまとめると、皆が顔を見合わせながら同意する。途端にマーゴットは機嫌を直した。自分の案を認められると嬉しいではないか。

「枝の上の家って、下の方ならいいけど、上の方だと怖くない？　揺れるんでしょう」

議論が元に戻る。怖くないのか、安全なのか。それが問題だ。

「最近みんな、ドライアドが作ってくれたハンモックで昼寝してるじゃない。揺れると気持ちいいでしょう。揺れてもいいんじゃないの」

マーゴットは気楽に考えている。

「ハンモックぐらいならいいけど。ブランコぐらい揺れると、吐くかも」

「船酔いする人は無理じゃないか」

「どんなに強くて体格がよくても、船が合わない人っているから」

漁師たちが意見を出す。

「ああー、私、無理かもしれない」

ユグドランド島までの船旅で、ずっと青い顔をしていた女性がつぶやいた。

「ずーっと気持ち悪かった。食欲もなかったし。毎日二日酔いみたいな感じ」

「家を作って、試してみましょう。机上で考えても、こればかりは分かりませんよ」

いつも的確にあら探しをするベネディクトの案に、それもそうだなと意見が一致した。


早速、試作の始まりだ。

「まずは、いたって普通の、ありふれた小屋から。作り慣れてるところから試すのがいいだろう」

ベネディクトがテキパキととりまとめる。

「質問です。家はどこで組み立ててるんですかね？　木の上？」

大工仕事が得意な男が手を上げて聞いた。

「木の上」

全員が世界樹を見上げる。めちゃくちゃ高い。そびえたっている。

「上って、どれぐらい上？　え、組み立てる時点から危なくないか」

「道具落としたら、下のやつ死ぬんじゃ」

「釘が足りなくなったら、取りに降りて、また登るの？」

「俺、木登り得意じゃない」

そもそも論の垂れ流し。ベネディクトは両手を重ねて眉間(みけん)に当てる。ベネディクトが熟考するときの仕草(しぐさ)だ。彼がこれをすると、その後になんらかいい考えが出てくると知っている島民たち。ベネディクトの答えを静かに待つ。

「らせん状の階段を世界樹の周りに作ろう。家は、下で作って、持ち上げる」

「持ち上げる？　どうやって？」

ベネディクトは王都からやってきたハズレスキル持ちたちに目を向ける。

「荷物運びスキル、井戸の水汲(く)みスキル、針に糸を通すスキル、糸巻きスキル。組み合わせれば最強だ」

「え、私さすがに家は持ち上げられないと思います」

小柄な荷物持ちスキル女性がすっとんきょうな声を出す。他の面々も、自信なさげな表情だ。

「井戸は固定された滑車で水を汲み上げる。もっと重いものを持ち上げるときは、固定された定滑車と、荷物と同時に上下する動く動滑車を組み合わせるといい。より簡単に、重い荷物を持ち上げられる」

ペラペラとベネディクトが話す。ああ、そうねという顔をしている者と、ポカーンとしている者に分かれた。

「家を綱で固定し、滑車で持ち上げる。普通の人間には無理だが。スキル持ちが協力すれば可能だと思う」

説明されても、いまいち分からない。しきりに首をひねったり、頭をかいたり。困惑している。

「では、持ち上げる仕組みから構築しよう。小さいものから持ち上げていく。改善する。次は高いところで持ち上げる。改善する。その繰り返しだ」

「よく分かんねえけど、まあやってみようぜ」

いかつい男が、野太い声でカラッと言った。

「そ、そうね。難しいことは、ベネディクトさんに任せて。言われたことをやるだけなら、私にもなんとか」

「うん、ひとりでやるんだったら無理だけど。責任が重すぎて、手が震えるけど。でも、数人がかりでやるなら、誰の失敗か分からないもん」

「そっか。失敗しても、誰のせいか分からないじゃない」

前向きなんだか後ろ向きなんだか。ともかく、ハズレスキル持ちはやる気になった。身に余る期待を寄せられて、勘弁してーと思っていたけど。ひとりじゃないなら、大丈夫。そんな気がする。

「ハズレスキルを組み合わせれば、超絶スキルにだって匹敵できるはず。弱い者だって集まればすごい力を生み出す。信じてください」

ベネディクトは力強く、鼓舞した。執務補佐官であるベネディクト。ハズレスキル持ちが、とてつもない可能性を秘めていることをとっくに見抜いていた。彼らが島に来てから、色んなことが劇的に改善している。もっと、自信を持ってほしい。

ベネディクトのそんな気持ちは、ハズレスキル持ちたちに伝わったようだ。もしかしたら、できるかもねー。そんな気楽で前向きな雰囲気が醸成された。

15. 届け

針に糸を通すスキル持ちのタバサ。前王マクシミリアンの影響で博愛精神が強かった王宮で、お情けで職を得た。十五歳のときから、ひたすら針に糸を通してきた。真面目に、コツコツと。お裁縫係の仕事が進みやすいように。普通の人なら目がショボショボして、手がプルプルする糸通し。通らんわ、キイイーッとなりがちな糸通し。タバサにとっては朝飯前の仕事だ。

地味な仕事だ。感謝されることもめったにない。朝早くから職場のすみっこで黙々と糸を通し続けて四十年。よくやったもんだと思っていたのに。

「誰でもできる仕事に給料を払うわけにはいかん。もう引退しろ」

そんな感じで、あっさりとお払い箱になった。

「私の人生って、なんだったんだろう」

夫に先立たれ、子どもたちは独り立ちした。古くて小さいけれど、毎日掃除をして整えてきた借家で、タバサは呆然としていた。

そんなとき、マーゴット王女と共にユグドランド島に行かないかと、同じくクビになった元同僚から誘われた。

「そうね。どうせここでは誰も私を必要としていないし。貯めていたお金をちょっとずつ使いながら、死ぬのを待つだけだもの。だったらユグドランド島で死ぬのも一緒だわね」

クサクサした気分で、やけっぱちでやってきたのだけど。ユグドランド島の生活は、楽しかった。

子どもたちが毎日、糸と針を持ってやってくる。

「タバサさん、糸通してーってばあちゃんがー」

「タバサさん、いつもありがとう。もうさあ、目がよく見えなくて、やってもやっても通らないんだよ。何度も糸に唾つけてよってさあ、ベタベタになって。でもやっぱり通らなくてねえ」

「タバサさんのスキルってすごいわねえ。タバサさんが通した糸、絶対針から抜けないのよ。ビックリだわ」

島の女性たちから、心から感謝される日々。ちっぽけな自分のスキルが、役に立った。

ささやかなスキルに、ちょっとした感謝の言葉。それだけで十分幸せを感じていたのだが。ここにきて、タバサ、人生初の重責を負わされている。鋭い目をした、無表情の男、ベネディクト。背が高く、少しトカゲっぽい顔をしている、いかにも切れ者といった雰囲気。マーティン領主の右腕として、皆から一目置かれている、デキる執務補佐官。

今まで関わりのなかった、威圧感のある男から、グイグイこられる。はるか高みから見下ろされる。

「もっと、集中して。あなたならできるはずだ」

熱い視線に、重い期待。

「い、いや、そんな」

私には無理です。そう言いたいけど、言えない空気が立ち込めている。

「針に糸を通せるんだ。小屋の屋根についた輪っかに綱を通すぐらい、簡単でしょう」

「え、ええ」

そうなのか？　本当に？　半信半疑のタバサ。小屋の屋根に複数ついている鉄の輪っかを見つめる。そう言われてみれば、針の穴と思えないこともないような？　ぶっとい綱も、裁縫用の糸に見えるかもしれない？

混乱しながら、タバサは念じる。通れ通れ。

「やったー」

「すっげータバサさん」

綱を持って目をつぶっていたタバサ。いきなり湧いた歓声に驚いて目を開ける。タバサの持っていた綱が、勝手に屋根の上の輪っかに通っていた。

「えっ、うそ。どうやって？」

「これがスキルの力かー」

「綱が勝手にスルスルーって」

目撃していた男たちが、興奮した様子でタバサに説明してくれる。タバサは真っ赤になった。人生で、これほど注目され、褒められたのは初めてだ。

「わ、私、がんばります」

できる、きっとできる。六十歳にして、自分のスキルに自信を持てたタバサである。

「タバサさん、さすがだわ」

ユリアは、真っ赤になってワタワタしているタバサを見て、そっと目がしらを拭いた。王宮の底辺として働いていた同僚だ。同じ時期にクビにされた同士だ。腹をくってユグドランド島にやって来た仲間だ。

誰にも顧みられず、道端で踏みつけられている雑草。そんな目立たない自分たちだけど。陰ひなたなく真面目に働いていれば、いつか認められる、そう信じて生きてきた。

王都で用無し扱いを受け、自尊心がズタズタになったけど。よかった。ユリアは決意をこめてギュッと唇を閉じる。持ち上げなければならないのだ。なんとしても、この家を。

ベネディクトが真剣な目をしてユリアを見つめる。

「ユリアさん、自分を信じて。これは小屋じゃない、ただの荷物だ」

そうよ、これは荷物。小屋じゃない。木でできた、ただの木箱。ちょっと大きいかなーって感じだけど。ただの小包よ。ユリアは無茶苦茶な理屈で、自分を励ます。

ユリアの決意を秘めた顔を、木の上から見守るロン。何度も試行錯誤して、作り上げた滑車をそっと触る。そう、王宮をクビになったとき、まさにこんな滑車に地位を奪われたのだった。ベネディクトさん、よく複滑車のこと知ってたな。ロンはベネディクトの知識の幅広さに舌を巻く。

自分は役に立ってる。そう思っていたけど。

「新しい滑車の仕組みを取り入れたから。君はもう来なくていい」

井戸に設置された、新しいふたつの滑車。固定と動く滑車、ふたつを組み合わせることで、わずかな力で水が汲めるようになった。もう、ロンのスキルがなくても、誰だって水汲みができる。

「誰か特別なスキルを持った人に業務が依存するのはよくない。陛下はそうお考えだ。誰でも、スキルがなくても、仕事が回る用にしなければ。素晴らしいお考えだ」

上司は感心しきった様子で、陛下の素晴らしいお考えを説明した。言ってることは正しいと思う。すごく腹が立つけど。でも、陛下の言ってること、チグハグじゃないか、ひそかに思った。

覇王スキルという特別な力を持つ陛下。超有能スキル持ちで周りを固めている。有力なスキル持ちに仕事を集中させ、ハズレスキル持ちをたくさんクビにした。それって、特別な誰かに業務を依存してるってことじゃねーか。

「結局あれだろ。超有能スキルに業務が集中するのはいいけど、ハズレスキル持ちがでかい顔してるのが腹立つってだけだろ」

でかい顔なんかしたことないけどな。いつだって、調子にのらないように気をつけていた。いい気になると足をすくわれるって、平民は誰でも知ってるから。だけど、誰かにイラッとされたのだろう。だからクビになったんだ。そうロンは受け止めた。

滑車に奪われた仕事。もう一度取り戻す。ロンは相棒の滑車を撫でた。

ロンが滑車に指を滑らせている隣で、ポールは深呼吸を繰り返している。

「糸巻きスキルだってえ。男が、糸巻き。ハハハハ」

何度そうやってバカにされたことか。女性だらけの裁縫部屋で、小さくなって糸を巻いてきた。タバサさんはずっと優しかった。ふたりで、目立たないように、皆を支えるために働いてきた。糸巻きをバカにするな、本当は大きな声で叫びたかった。きれいに巻かないと、糸がよれる。もつれる。切れる。上手に巻けていると、引っかかることなく、コロコロと軽快だろう。糸がもつれたら、みんな、イラーッとするだろう。切るのか、ほぐすのか。チッめんどくせーってなるだろう。俺が巻いた糸は、絶対そんなことにならない。美しくより合わさった糸が、整然と行儀よくクルクルと巻き上がる。巻き上がったツヤツヤの糸の束。それを見るのが好きだ。

「これは糸、これは糸」

ポールはユリアと同じようなことを言っている。太い、頑丈な綱だ。滞ることなく、つっかえることなく、カラカラと巻くのがポールの仕事だ。

「ユリアさん、持ち上げて」

ベネディクトの声が響く。

ふわーっと優しく小屋が上がる。

「ロン、ポール、頼む」

ベネディクトの必死な祈るような目。

「任せとけってー」

「いっけー」

ロンが綱を引き、ポールが綱の動きを整える。

「よっしゃー」

「上がったぞー」

「上がった上がった」

小屋は、無事に世界樹の枝まで届き、男たちの手によってしっかり設置される。ロンとポールは枝の上で抱き合い、ユリアとタバサはふたりを見上げながら下で飛び跳ねた。

「見たか王都、これがハズレスキルだー」

誰かが叫んだ。全員が拳を上げて雄たけびを上げる。

「見ろ、王都よ。俺たちはここにいるぞ」

ベネディクトが、マーティンが、マーゴットが、後に続く。俺たちの声も、届け、王都に。

16. 我が生涯

「あなたと話していると、気が滅入るのよ」

そう言って、婚約者は去っていった。

「否定ばっかりだな。否定するのはいいけど、代案を出してくれよ。でないと、ただの文句言いだ」

同僚はそう言って、ため息を吐く。

「しかし、私のスキルは」

「あら探しスキルな。よくもまあ神は、そんなスキルを人に授けるものだ。お前も苦労するな」

いつもかばってくれた同僚は、そう言ってポンとベネディクトの肩を叩き、部屋から出て行った。

神童と呼ばれて育ったベネディクト。一度教えられれば理解し、読んだ本は大体覚えていて、努力も惜しまない。才能を努力で磨き続ける者にこそ、成功があると信じている。

「一を聞いて十を知る。まさにベネディクト様のためにあるお言葉です」

家庭教師たちは、こぞって褒め称えた。侯爵家の嫡男として、前途洋々。ベネディクトの人生に一片の隙なし。そう思われていたし、自分でも思っていた。ところが、十歳で受けたスキル鑑定で出た結果が、あら探し。そのときから、ベネディクトの人生が暗転した。

手の平返しの連発。チヤホヤしていた者が去り、すり寄って来ていた少女たちが消えた。父は落

胆し、怒り。母はただ泣いた。次期侯爵は、弟のものとなった。弟のスキルは利にさとい。どっちもどっちだと思うが。父は、あら探しより利にさとい方がましだと考えたようだ。

スキルがなんであろうが、ベネディクトの頭脳は変わらず明晰だ。なのに、あら探しというスキル名で、ベネディクトを蔑む人が多い。不合理で、非論理的。そう言ったところで、世の中の大半は、理にかなわない考えをする人たちでできている。ベネディクトがいくら冷静に、事実を見てくれと言ったところで、無意味だ。

王宮で官吏として仕事をしても、どことなく半笑いの目で見られる。

「バカバカしい」

そう思った。もっと能力を発揮できるのに。機会を与えてくれ。でも、巡ってこない。婚約者が去り、鬱々とした日々を過ごしていたとき、ウワサ話を聞いた。

「不毛の地ユグドランド島で領主の執務補佐官を募集しているそうだ」

「金を積まれても、お断りだな」

「なんの将来性もない領地ではないか」

冷ややかにせせら笑う同僚たちの声。

行ってみようか、ふと思った。あまり知られていないが、ユグドランド島は、ノイランド王国発祥の地だ。侯爵家に伝わる古い書に記されていた。

読んでみたい、ユグドランド島に残る記録を。文字を読み、知識の海にたゆたうこと。ベネディクトにとって、それ以上に大事なことなどない。

応募書類と履歴書を丁寧な手紙と共に送ると、領主からすぐ返事がきた。

『ぜひ、ぜひぜひお願いします！』

子犬か。しっぽを振って、ハッハッと見上げている四つ足の動物が頭に思い浮かんだ。

さっさと王宮の仕事を辞し、荷物をまとめ、誰に見送られるでもなく。逃げるようにユグドランド島にやって来た。

領主マーティンは、わざわざ港で待ち構えていた。船の上からでも見て取れる、ソワソワうろうろグルグルしている領主マーティン。本当に犬のよう。

船から降りたベネディクトに、飛びつくように挨拶（あいさつ）する犬。いや、領主。

「お待ちしていました！　よく来てくれました！　ありがたい、本当に」

馬車の中で、いかに人不足か、特に文官がいない、父の代からの文官が亡くなって、など。息継ぎはいつしているのかと心配になる勢いで話し続ける。そして、たまにハッとして、こちらの顔色をうかがっている。部下になる男に、そこまで気を使う必要はないと思うのだが。

でも、まあ。悪い気はしない。王都での嘲笑（あざわら）うような視線に比べれば、いや、比較にもならないな。ベネディクトが犬派だというのも大きいかもしれない。忠実で分かりやすい犬は、警戒心の強いベネディクトでも気を許せる相手だ。いや、領主だった。そして、上司。気をつけなければ。ついつい上から目線で人を見てしまうのは、ベネディクトの悪いところだ。

領主補佐の仕事はやりがいがあった。やることは山積みだが、暇を持て余すよりははるかにいい。

不毛の地と言われるユグドランド島だが、奇跡的な綱渡りでなんとかなっている。神の技巧的な采配を感じるのだが、気のせいだろうか。

雨が降らなくても、夏の陽ざしが焼きつけるようでも、なぜか作物が実る。魚も獲れる。もう一押し、あとひとつ何かきっかけがあれば。この地は富む、そんな予感がする。

ベネディクトは仕事の合間を縫って、古い文献を読み込む。王宮でも見たことのない、古い歴史が垣間見れ、ベネディクトは夢中になった。

「これだ」

ベネディクトは直感的に、自分が答えにたどり着いたと確信する。

「破壊的なスキルを持つ王族が去って、魔植物が氾濫。そのようなことが書いてある。ということは、そういうスキルを持つ王族に滞在してもらえるといいのでは」

破壊的なスキルか。王族のスキルは公表されている。どなたか、該当する方は。しばらく頭の中で、色んな王族を思い浮かべた。うってつけの王女に思い当たったベネディクト。

「マーティン様。お手紙を書いていただけないでしょうか」

「もちろんですよ。どなた宛に?」

「マーゴット第七王女殿下です。マーゴット様は、草刈りスキルをお持ちです。あの魔植物まみれの大地を、更地にしてくださるのではないかと」

「こんなところに来てくれるだろうか。父上から引き継いだ通り、新しい王が立つたびに、手紙は出しているけど。誰ひとりいらしてくださらない」

マーティンは机の上に肘をつき、両手にあごを乗せる。

「マーティン様。差し出がましいようですが、ひとつ助言をさせてください。マーティン様の思いを取り繕わず、思ったままに書く方がいいと思います」

「不敬では」

「不敬、かもしれません。でも今まで、礼法に則った正式な招待状を送ってこられましたよね」

過去の手紙の控えは全て残っているので、ベネディクトは知っているのだ。

「私は、マーティン様からいただいた手紙を今でも大事にとっています。心打たれました。あれほどまっすぐ、あなたが欲しいと言われたことはなかった。ぜひ、お気持ちを、素直にしたためてください」

ベネディクトの懇願(こんがん)に負けて、マーティンは恥ずかしいともだえながら、王女への敬愛をぶつけた。

『マーゴット王女殿下
突然のお手紙、失礼いたします。ユグドランド島の領主、マーティン・ユグドランドです。

大変ぶしつけなお願いなのですが、ぜひ、ぜひぜひ、ユグドランド島にお越しいただけないでしょうか。

かわいい猫、おいしい魚、青い海、暑すぎる夏、強すぎる植物、人のいい島民がいます。

非力な我らでは、強すぎる植物に負けっぱなしです。マーゴット様のお力を、なにとぞ、お貸しいただけないでしょうか。全力で、全身全霊で、島民一同でおもてなしいたします。

なにとぞ、なにとぞご検討お願いいたします。

マーティン・ユグドランド』

マーティンがいやいや、渋々差し出す手紙を、ベネディクトはスッと受け取り、ザッと読み、すぐさま封筒にいれて、封蠟をし、領主の印章をギュッと押した。

「マーティン様のお人柄がよく出ています。とてもいいと思います。出しましょう」

「本当に、これでいいのだろうか」

渋り、ひよる領主をなだめすかし、ありのまま、思いのままを赤裸々に書いた手紙を送った。

そして、やって来られた破壊王。ちょっと怖い感じの弾ける笑顔で、バッサバッサと刈りまくる。ああ、この世界一、草刈りハサミの似合う王女様が、全てをぶった切って、なぎ倒して、道を作ってくださる。自身とマーティン様の栄光の道を。ベネディクトは、ふたりの王の前で跪く。

「マーゴット女王陛下、マーティン国王陛下。心からの忠誠を捧げます」

「ちょっとちょっと、何言ってくれちゃってますの。不敬、謀反、独立。まずいです」

「ベネディクト、やめてください」

「他に人がいる場所では言いません」

お世話猫とトレントが凝視しているが。あれらは人ではない。何を気にする必要があろうか。我が生涯、一片の悔いなし。心からの忠誠を注ぎ続けるのみ。

17. フルーツ食べ比べ

「またベネディクトが酔っぱらってブツブツ言ってますね」

マーゴットが、グラグラ揺れ動いているベネディクトをおもしろそうに眺める。

無事に小屋が枝に届いたあと、マーティンの計らいで宴が開かれているのだ。

「まだまだ始まったばかりです。ですが、今日の成功を、皆で祝いましょう」

マーティンの言葉と共に、振舞われたビールや酒にジュース。獲れたての魚を焼いては食べながら、皆で飲んだくれている。

「明日から、私はまた未開地の伐採に集中しますね」

「よろしくお願いします。残念ながら、私が行くと事態が悪化すると分かりましたので」

マーティンはすまなそうにマーゴットを見た。


ベネディクトの努力により、少しずつ島の謎が解けている。

「手っ取り早く、ケセドに聞けばいいじゃない」

マーティンやベネディクトにとっては、恐れ多い存在であるトレント。マーゴットにとっては、聞いたらなんでも教えてくれそうな木だ。

教えてーと甘えれば、なんでも教えてくれそう。チョロそうと、なめた考えをもっているマーゴット。ところが「もう、これ以上はダメ」と断られた。

トレント、緑の手できっちり口をおさえ、話さないという意思を前面に出している。

「ええー、ケ」チと続けそうになったところを、お世話猫ツァールがモフッと止める。

「ケチではない。そもそも、叡智はこのように垂れ流すものではない。紙を渡したではないか。自力で読み解けばいいのだ」

マーゴット、頭は悪くないけれど、草刈りの方が好きだ。試しては見たのだが、文字の形がもう、まったく今と違う。古語は習ったけれど、これは古すぎる、無理。マーゴットは早々に投げた。文献を読むのはベネディクトにお任せだ。適材適所である。

図々しいマーゴットだが、さすがにベネディクトにこれ以上の負荷はかけたくない。激務でいつもお疲れ気味、顔色も悪いベネディクト。そっとしておこう、時間があったら文献読んでね。遠くから願うぐらいしかできない。

「まあとにかく、草刈りをすればいいと思うのよ。だって、まだまだ魔植物がはびこっているもの」

世界樹ができたおかげで、魔植物は少し落ち着いたように思える。世界樹が島の栄養分を吸収しているのかもしれない。

とはいえ、夏が来るまでに、耕作地を増やしたい。素敵な果物の木も見つけたい。この島だけの、おいしいジュースがあると売りになる。今までは、気の向くままに草刈りをしてきたマーゴット。明日からは、南の方に向かって刈り進めることになった。最も魔植物が激しそうな方角から攻めてみる。大元から絶とう、そういう方針をベネディクトが立てた。

いつもの護衛と、お世話猫ツァールを連れて、南へ向かう。何も難しいことはない。マーゴットはいつも通り無心で刈る。素敵な果物があれば、ツァールが種や苗、果実などをどこかにしまっている。

朝日と共に、荷馬車に乗り、伐採と採集をして、また居住区に戻って来る。ツァールが収穫の成果を披露する。庭師とベネディクトが知識を総動員して、果物を調べる。

「バナナありましたー」

「やったー」

王都組はバナナを知っているので大喜び。

「バナナジュースとバナナケーキ。ケーキはリタさんが作ってくれたよ」

「ありがと、トム」

甘くておいしいバナナジュースと、素朴な甘みのバナナケーキで疲れを癒すマーゴット。

「マンゴー、パパイヤ、パイナップルか。すごいね、豊作だ」

「どれもおいしそう」

単品で飲んだり、混ぜて飲んだり、ジュースを満喫するマーゴット。

トゲトゲした果物を収穫した日は、騒ぎになった。

「ギャー」

鼻につく強烈な匂(にお)いに、皆が逃げ出す。

「食べ物だと思えない」

「食べる気がしない」

「ドリアンという果物のようだ。おいしいと書いてあるが」

ベネディクトが文献を調べて、ぜひ試してみたいと手を上げる。風通しの良い庭で切ってみる。

女性たちは遠くから鼻をつまんで、ベネディクトの反応を待つ。ベネディクトは小さくスプーンですくった。しばらく無表情で食べていたが、首を傾(かし)げながら頷(うなず)いている。

トムや庭師たちも続いて試し、微妙に頷く。

「私たちも食べてみましょうよ」

鼻をつまんだまま、近づいて、ひと口。ネットリと甘い。濃厚なチーズのよう。

「おいしいんじゃない」

マーゴットは感想を言い、途端に顔をしかめた。

「う、おいしいけど。匂いが。やっぱり無理」

「好事家には受けるかもしれないが。普通の人は敬遠しそうだ。ひとまず、ドリアンは栽培しない方向でいきましょうか」

ベネディクトは結論づける。切ったドリアンの残りは、男性たちが食べ切った。手つかずのドリアンはまたお世話猫ツァールのどこかに収納される。もしかしたら、いつの日か栽培するかもしれないではないか。

「日帰りで行ける距離は刈りつくしたので、これから遠征します」

マーゴットが宣言すると、大反対された。

「飛んで帰ってくればいいではありませんか」

皆がチラッとツァールの背中の翼を見る。まだ飛んでいるところは見たことはないけれど。まさか、あんな立派な翼があるのに、飛べないなんてことはあるまい。

「えー、そうなると護衛は置き去り？　それとも私とツァールだけで草刈りする？」

「我々は、未開の地に置き去りで結構です。その、翌日また来てくださるのでしたら。ですから、護衛として同行させてください」

護衛たちは、お払い箱にされそうな流れに必死で食い下がる。いくらすごい猫がいるとはいえ、王女に単身遠征をさせるわけにはいかない。いかないったらいかない。ユグドランド島の良識が疑われ、非常識とますます軽蔑(けいべつ)されるだろう。

「バレなければいいのでは」

マーゴットは言うが、甘い。こういうのはどこからともなく漏(も)れるものだ。

草は刈らねばならん。護衛は連れていく。そういうわけで、王女と護衛とお世話猫で遠征だ。

18. 非日常感

マーゴットたちが旅立った。居住区に残っている者たちは、マーゴットたちを気にかけつつも、仕事に追われている。

世界樹の枝に乗せる小屋を量産しなければならない。

「せっかく世界樹の上に泊まるのですもの。見るからに小屋って感じではなく、木のうろの中に部屋があるふうにしてほしいです」

旅立つ前に熱く語っていたマーゴット。マーゴットの欲望を叶えようと、皆必死で頭を絞っている。マーゴットは得意の写実的な絵で、微に入り際に入り理想の部屋を表現してくれた。

「欲しいのは、木との一体感。苔むしていてもいいですね。ツタが絡まっていても雰囲気がいいと思います」

ふんふん。なるほどね。分かったけど、むずかしくないかな、それ。そんな思いは、心の奥底にしまう。

「そうですね、リスや鳥の気分を味わいたいのです。木の中に包み込まれている安心感。王都では絶対に味わえない非日常感です」

マーゴットは拳を握りしめて力説する。

「宿泊客は、お金持ちです。それも、暇を持て余したご婦人やご令嬢でしょう。殿方は、あくまでも付け合わせ、主食ではありません。私たちがもてなすのは、お茶会ぐらいしか楽しみのない、甘やかされた貴族女性」

誰も口を開かない。ここで、なにをどう相槌をうてと。興奮しきっているマーゴットは止まらない。

「皆さん、よくご存じでしょう？　あのヒナドリのような弱々しいご令嬢たちを。人生の目的は、有力貴族との結婚。後継ぎを産むことが役割。庇護欲をそそる、華奢な体。触れなば落ちんの風情。将来有望な殿方が白馬で駆けつけ、餌と金と立場を与えてくれるのを、口を開けてただ待っている小鳥さん」

シーン。島が静かになった。

「なんてこと、私は思っていませんけれど」コホン、マーゴットは咳払いをして、気分を沈めた。

「そんな、箱入りの小鳥さんたちに、ほんの少し、冒険を味わわせてあげましょうよ。ちょっとだけでいいのです。王都のお屋敷ではできない、非日常感。それが、このリゾートの売りですわ」

わーパチパチパチパチ。いい具合にまとまって、ホッとひと安心。島民たちは拍手喝采した。

力説したマーゴットは、今、魔植物伐採の遠征に出かけている。王女なのに。

マーゴットは、小屋を建てるのに十分な木を切ってくれている。そして、今は魔植物と闘っている。王女なのに、最もきつい仕事を嬉々として引き受けてくれている。

「マーゴット様の理想の木のうろ風の小屋。絶対作りましょうね」

皆の心はひとつだ。安全な居住区で、ぬくぬくと働けるのだ。マーゴットの理想のひとつやふたつ、叶えたいではないか。

「とにかく、人の手が入ってるように見えると興ざめってことだ」

言葉選びの巧みなベネディクトが、分かりやすく言ってくれた。

「ということは、木の継ぎ目が見えないようにすればいいのか」

「窓も、窓窓してないようにね」

「屋根も、屋根屋根しないように」

なんとなく共通認識が深まってきた島民たち。

「外側は苔とかツタでなんとかなるけど。中はなあ」

「小屋の中に苔生えてたら、どう？」

「ない」

「ないない、絶対ない」

うーん。皆は静かに熟考した。あっ、ひとりの女性が手を叩く。

「バロメッツの羊毛。あれを床に敷き詰めればいいのでは？」

「暑くない？」

「秋と冬はいいと思うけど、夏はちょっと」

ですよねー。また静かになる。サヤサヤと風が吹いて、世界樹の周りの草が揺れる。

「イ草。イ草で敷物を編めばいいのよ」

「イイね」

夏はイ草の敷物、涼しくなったら羊毛を床に敷くことが決まった。

＊　＊　＊

島民たちが燃えているとき、マーゴットは草と木を燃やしていた。

「外でお肉を焼いて食べるなんて、初めてです」

なんだかんだ言って、王宮育ちの王女様だ。口を開けてただ餌を待っているだけの小鳥ではないけれど、それなりにお嬢様だ。草は刈るけれども。

護衛たちが、張り切ってウサギを狩ってきてくれたのだ。さばいて、焼いて、かいがいしくお世話をしてくれる。ツァールも負けじと、あれこれしてくれる。

「野外で寝るのも、初めてです。あ、船で寝ましたけれど。あれは部屋の中でしたし」

マーゴットにとって、初めて尽くしの遠征。護衛とツァールに守られて、のびのびと満喫している。ふわあ、マーゴットがかわいくアクビすると、ツァールはシャッと何かをマーゴットにかけた。

「あら、今の何かしら」

マーゴットは自分の手や顔を触る。

「なんだか、汚れがとれて、サッパリしているような」

ツァールが得意げな顔をしている。ツァールはついでに、護衛にもシャッとした。

「おお、これはもしや」

「洗浄魔法では？　まさか野営でこぎれいになれるとは」

「ありがとうございます」

護衛らしいこともせず、草刈りもせず、ウサギを狩ったぐらい。至れり尽くせりすぎる遠征に、護衛たちは心苦しく思う。

「おいしいごはんをありがとう。明日もよろしくお願いしますね。おやすみなさい」

マーゴットはそう言うと、ツァールのモフモフに包まれてスヤスヤと眠りについた。可憐な王女の寝顔に、護衛たちはハッと息を呑み、すぐさま後ろを向く。

「順番に見張りだ」

「おう、任せておけ」

夜間の見張りの仕事が残っていてよかった。護衛たちは、順番に寝ながら、朝まで火を絶やさなかった。

19.

試行錯誤

「今更な質問ですけど、宿泊客の食事ってどうすればいいんでしょうね？」

世界樹は、居住区から少し離れている。早足で歩けば半時間ほどの距離だ。

「近くにかまど作ればいいんじゃないか」

「それこそ、料理用の小屋作ればいいよね」

「あ、そうか」

いったん納得したけど、また疑問に思う。

「宿泊客は、どこでごはん食べるのかしら。上？」

皆が世界樹を見上げる。高い。

「運ぶの、大変だね」

「うん」

足腰が鍛えられそうだな。少し気が遠くなった。世界樹の周りには、らせん階段が順調に出来上がっている。あれをテクテクグルグル、朝昼晩かあ。はあー、皆のため息が世界樹の葉っぱを揺らす。

「私たちも大変だけど、お客様も大変よねえ。上の部屋だと、随分登らないといけないわ」

「飛べたらいいのに」

「井戸のバケツみたいに上下で運べたらいいのに」

「それだ。お客様もごはんも、滑車で持ち上げよう」

「そうしよう。小屋が持ち上げられるんだ。人もごはんもいけるだろう」

　ポールとロンが手を打ち合わせる。

「ごはんはともかく。ご貴族様を落としでもしたら、首が飛ぶわよ。真の意味で」

　冷静な突っ込みに、ポールとロンは青くなる。

「そういえば」

　ひとつ課題が見つかると、芋(いも)づる式に次々出てくるみたいだ。

「湯あみとかどうしましょうね。きっと皆さん、海で泳ぎますよね。塩水でベタベタになるから、あとで体を洗いたくなるのでは」

「ああー」

　その通りですねー、皆が頭を抱える。

「ここに井戸を作って、湯あみ用の小屋を作るか」

「ああ、そうね。それはいいかも」

「でも、女性はお風呂(ふろ)上がりの姿を、人に見られたくないのでは。特に貴族女性は」

「そうね。化粧を落とし、コルセットを外し、髪をほどき、湯あみをし。きれいにサッパリしたのに、また人前に出る格好に戻るのかしら。苦行ね。平民なら、グダグダの部屋着でも気にしないけどね」

王都でメイドをしていた女性は、貴族女性が湯あみ後の姿を人目に触れさせるわけがないと、知っている。

「問題が山積みだね」

「本当ね。先が長いわ」

「後で、ベネディクトさんにご相談しましょう」

困ったときのベネディクト。絶大なる信頼感。途方に暮れていた人々が、明るくなる。


昼ごはんを食べに居住区に戻り、食べながらベネディクトに相談することになった。マーティンも同席してくれるらしい。口々に語られる問題点を、ベネディクトは黙って聞く。両手を合わせて眉間に当てて（みけん）る熟考の態勢に入るベネディクト。皆、食べながら期待を込めてベネディクトを見る。

「ごはんは、問題ないだろう。料理用の小屋を建てて、滑車で上まで運べばいい。もしくは、下に食事する場所を作って、下で食べてもらえばいい。非日常感が出てていいではないか」

ひとつ問題が解決して、少し空気がゆったりした。

「そうですね。貴族のご令嬢は野営などしたことないでしょうから。野営風のごはんは新鮮かもしれません」

「焚火（たきび）で串肉とか串野菜を焼いて、それを出してもいいですね」

「王都ではできませんね。楽しそうです」

王都組が顔を輝かせる。

「魚釣りを体験してもらって。釣った魚をその場で食べるとかどうかな」

「いいね」

「それこそ非日常、大冒険よ」

ひとりが思いつくと、どんどん新しい思いつきが出てくる。

「貴族の人って、自分で料理とかしないでしょう。だったら、お料理体験もやってもらったらどうかしら」

「魚をさばくの？　それは、どうだろう。生々しいのは嫌がられる気がする」

「さばくのは無理じゃない。そうじゃなくて、たとえば串に野菜を刺してもらうとか」

「パンの生地をこねてもらうとか」

リタがちゃっかり案を出した。

「クッキーの型抜きとか、楽しいですよね」

マーゴットが出した、非日常というお題。色んな方面から叶（かな）えられそうだ。

ベネディクトがパンッと手を叩（たた）いた。

「食事については、うまくいきそうだ。次の課題、人の運搬だが。安全性を最優先として、何か考えよう。滑車を改良するのか、まったく別の方向性から解決するのか。今はまだ見えないが」

「まだ時間がある。じっくり考えましょう」

マーティンが柔らかく言う。問題を肩代わりしてもらった気持ちになって、机を囲んでいる人たちは、ごはんが一段とおいしくなった。偉い人たちが考えてくれるんだから、大丈夫。
「湯あみについては、考えがある。洗濯スキルと、洗濯ものを早く乾かせるスキルを応用できないだろうか」

該当するスキル持ちが、ピッと姿勢を正す。

「人間を洗ったことはありません」

「ご令嬢を乾かしたことはありません」

ふたりはキリリとした表情で言い切る。きちんと言っておかないと。後で問題になったら困る。

「それはそうだろうが。物は試しだ。我々が実験台になるから、やってみよう。広義の意味でいけば、我々も洗濯ものだ」

そ、そうかな。どうだろう。そうかも。ベネディクトの詭弁（きべん）に、頭が混乱する女性たち。

その日から、人を水浸しにして吹き飛ばすふたりの姿が目撃されるようになった。さすがにベネディクトを実験台にするわけにはいかないので、島民が犠牲者だ。

「いきます」

ブシャーッ　グルグルグル　どこかに飛んでいく男。

「か、乾かします」

ブォオーッ　グルグルグル　どこかに飛んでいく男。

＊　＊　＊

居住区で男たちが尊い犠牲を払っている頃、マーゴットは感激していた。

「魚釣り、楽しいですわ〜。自分で焼いた魚は、絶品ですわ〜」

すっかり旅気分だ。

「わざわざ湯あみをしなくても、一瞬できれいになるって、最高ですわ〜。おやすみなさーい」

すっかりグウタラしている。

20. コボルト

日の出と共に、ガンガンと刈り進んでいくマーゴット。たいした魔植物とも出くわさず、いたって平和に距離を稼いでいる。そして、ついに南側の海にたどり着いた。爽(さわ)やかな潮風に、マーゴットの髪がなびく。

「海ー」

「やりましたね、マーゴット様」

「おっしゃー」

マーゴットと護衛とツァールは肩を組んで飛び跳ねる。

ワウワウワウワウワウワウッ　子犬たちに囲まれた。

「コボルトー」護衛が剣を抜き、マーゴットを後ろにかばう。

「シャーッ」ツァールが珍しく、本気のシャーッを見せた。

「まあ、かわいい。猫も大好きだけど、私、犬も大好きよ」マーゴットは目を輝かせて手を叩(たた)く。

ツァール以外のモフモフに近寄られたことのないマーゴット。すっかり浮かれている。

「シャーッ」ツァールが珍しく、もう一度本気のシャーッを見せた。

マーゴットは、ここでようやく、自分と周りの温度差に気がついた。

「あら？　これって危険な犬ですの？」

「いただきますって気配がありますよね」

「獲物だと思われているかと」

「まあ」それは問題だ。マーゴットは草刈りハサミをおもむろに開いた。

「刈るわよ、毛を」

ヒーンヒンヒンッ　キュウゥゥーン　コボルトの群れが、一斉に腹を見せる。

「モフモフしてもいいかしら」

マーゴットは、草刈りハサミを持ったまま、片手でコボルトたちをワシワシした。

「犬を触るのは、初めてよ。かわいいわ」

「シャーッ」ツァールが、またしても本気のシャーッを見せた。

ワウーン　ひときわ大きな遠吠え（とおぼえ）がしたかと思うと、巨大なコボルトが現れる。

「お前ら、何やっとるんじゃ」

大きなコボルトは四つ足から人のように立ち上がるとののしる。途端に、ワシワシされていた小さなコボルトたちが、シュタッと姿勢を正し、整列した。

「あんたたち、どっから来た。ここは人の来るところじゃねえ」

大きいコボルトが、疑い深そうな目でマーゴットたちをジロジロ見る。

「北から来ましたけど」

「北？　どうやって？　海からは来られないはずだが。あの潮流は船では近寄れないはず」

「森を通って。ほら、あそこ」

マーゴットは後ろの一本道を指し示す。ズドーンと一直線。複数人が並んで進めるぐらいの道幅で、森がスッキリしている。

「森って、あれ、魔植物の巣窟だぜ。うそだろ」

「魔植物？　いませんでしたけど」

マーゴットは首を傾げる。後ろから、護衛が遠慮がちに声をかけた。

「マーゴット様。魔植物、割といました。はい」

「そうですね。俺たちなら手こずりそうなやつが、結構。ええ」

シャーッ　ツァールも優しいシャーで同意している。

「まあ」まったく記憶にないマーゴット。

「まさか、あんた、王か？」

マーゴットは一瞬考えてから、頷く。権威は使うべきだろう。

「ええ、そうですわ。マーゴット・ノイランド第七王女ですわ」

草刈りハサミを担いで、王女の微笑みを浮かべる。

「やっと破壊王が戻ったか。ありがてえ」

そっちか。まあ、いいか。似たようなものだろう。マーゴットは肯定も否定もしない。沈黙の微笑みは、王族の最も効果的な武器だ。相手は、勝手にいいように勘違いしてくれるものだ。

「ご帰還された破壊王に敬意を表して、敬礼」

大人のコボルトと子犬コボルトが一斉に後ろ足で立ち上がり、前足をクルッと曲げた。キリッとした表情だが。か、かわいいー。マーゴットは必死で表情を取り繕う。敬礼されている最中に笑うのは失礼だもの。

「私、王女ですから。数々の敬礼を受けてきましたが。これほど、その、素敵な敬礼は初めてです。ありがとう」

マーゴットは心からお礼を言った。子犬コボルトたちは四つ足に戻り、しっぽをブンブン振っている。

「歓迎する。こっちに来てくれ」

コボルトたちから、荒々しい気配が消えた。子犬コボルトたちにまとわりつかれながら、マーゴットは笑顔で歩く。モフモフが、足元に、いっぱい。

後ろでお世話猫の雰囲気がどんどん不穏になっているが、マーゴットは気づかない。

コボルトたちの集落は海に面した崖(がけ)にあった。意外なことに、人が使う家屋だ。崖にぴったりとたくさんの小さな家が建っている。水色やピンク、派手な色合いの家が多い。

「なんてかわいい家かしら」

マーゴットはうっとりした。花束(はなたば)みたいな家に、モフモフたちが住んでいる。夢のようだ。

「昔は、森に住んでたんだ。だけど、どんどん魔植物が増えて、ヤバいのも増えていって。海側に来ちまった。で、人間が住んでた家をねぐらにしてるってわけ」

「それは、大変でしたわね。でも、海辺でこんなオシャレな家に住めるって、素敵だと思うわ」

マーゴットにも乙女らしい心はあるのだ。愛らしいもの、おいしいもの、モフモフ。多くの令嬢に愛されているもの。マーゴットも大好きだ。

「まずは、長老に話を通さねえと」

ひときわ目立つ、水色の家に案内される。遠巻きに見ていたコボルトたちが、グルッと家の周りを囲む。

家の中には、小さな老コボルトが、ちんまりと座っている。

「長老、破壊王がお戻りになられた」

大人コボルトが大きな声を出す。マーゴットは少し耳が痛かったが、我慢した。老コボルトは、ボソボソと何やらつぶやく。大人コボルトが、近づいてしばらくして頷く。

「長老がこう言っている。破壊王がいなくなってから、魔植物と魔物が増えすぎた。もう我らの手に負えん。破壊王はすさまじい力を持つと聞いている。その力を見せてほしい。そうすれば、心からの忠誠を誓う」

「分かりました」

マーゴットは堂々と引き受けた。ここで引き受けないのは、なしだろう。これでも王女。ここまで言われて引き下がっては、マーゴットの名がすたるというもの。

自信たっぷり、長老の家を出たものの、マーゴットの頭の中は忙しい。どうしようかしら。草は刈れるけれど、魔物は狩れるかしら。王女らしい笑顔のまま考え続けるマーゴット。いつの間にか、別の家に案内されていた。

「魚ならあるけど、食べるか？」

「ありがとう。いただくわ」

我に返ったマーゴット。難しいことは、あとで考えることにして、ありがたくご馳走になることになる。ないとは思うが、仮に毒が仕込まれたとしても、ツァールがなんとかするだろう。

どーんと、皿に山盛りの魚が机に乗せられた。どう見ても、生だが。マーゴットは戸惑って、コボルトを見る。コボルトは、あっという顔をした。

「すまん。人と会うのは久しぶりで。うっかりしてた。人は、生魚は食べないよな。焼くか、煮るか、どうする」

ツァールがさっと皿をつかむと、魚に手をかざす。魚から湯気が上がると、塩と胡椒を取り出してパラパラと振りかけた。フンッと鼻息荒く、得意げにマーゴットの前にお皿を置く。

「おいしい。ツァール、ありがとう」

マーゴットがお礼を言うと、ツァールはまたフンッと鼻を鳴らす。鼻息で、マーゴットの前髪が動く。

「その猫、すげーな」

「ツァールはね、なんでもできるの。その上、モフモフで最高なの」

すっかり感心しているコボルトに、マーゴットはここぞとばかりに自慢した。ツァールがフスーッ、フスーッと息を吐いた。マーゴットの前髪は激しく揺れている。

21. 森のニョロニョロ

「ううう一、ああ一よく寝た一」

マーゴットはツァールの上から起き上がって、伸びをする。昨夜コボルトに、ベッドで寝るかと聞かれたのだが、いつも通り、ツァールの上で寝たのだ。

ありがたくベッドで寝ようとしたところ、しょんぼりしているツァールに気がつき、やめた。もしかして、無理してベッド代わりを務めてくれているのかと思っていたけれど。好きでやってくれているなら、遠慮なくモフモフを楽しみながら寝たいではないか。

「さて、今日は本物の狩りね」

魔植物ではなく、魔物を狩るのだ。やれるだろうか。マーゴットは正直なところ、不安だ。マーゴットのスキルは草刈り。魔物狩りではない。かっこよく引き受けたはいいものの、惨敗したらどうしよう。昨日、寝る前にあれこれ考えていたのだが、何も思いつかないまま、いつの間にか寝ていた。心配で、朝ごはんがおいしくな……

「おいし一い。なにこれ一」

無意識に食べていたマーゴット。ホクホクしてネットリした甘いなにかに、目を丸くする。

「焼き芋(いも)。サツマイモって海水かけて育てると甘くなるんだ」

「甘ーい、癒される」

マーゴットは目をつぶって、優しい甘さを味わった。甘味でマーゴットの頭が刺激されたのだろうか。

「いいこと、思いついたかもしれない」

マーゴットは、ニンマリと笑う。


マーゴットとツァールは護衛と共に森に入っていく。コボルトたちも後ろからついてくる。誰も話さない。気配を消して、黙々と歩く。マーゴットは森に入るときはいつも草を刈っている。刈っているときのマーゴットは、心技体が完璧に揃った状態だ。無の境地。森のことはほとんど覚えていない。

刈らずに森に入るのが、ほぼ初めてのマーゴット。さっきからドキドキが止まらない。

えー、草がいっぱいあるわー。刈りたいけど、ダメダメ、今はまだダメ。わー、森って匂いが色々なのね。色んな動物の気配もある。鳥の声って結構うるさいのね。自分の頭の中のうるささを棚に上げるマーゴット。

シャッ　ツァールが合図をする。

ドウーン　土の中から特大のミミズが伸び上がる。

ファッサー　ツァールは空高く舞い上がり、ミミズの上からサツマイモのツルをまぶす。

「刈る」マーゴットは斧を持って全速力。ツァールにポーンッと跳ね上げられ、一直線でサツマイモのツルに向かった。

「やーっ」マーゴットの高く澄んだ声が響き、パサリとミミズは落ちた。無数の輪切りになって。

「王ー」「王ー」「王、王、王ー」森の中にコボルトの声がこだまする。

「すげーっす」

「姐さん、パネーッす」

「姐さん、強引っす」

「いや、強引すぎないか」

「まあ、頭の固いことを言うのね。現にできたではありませんか。草なら刈れるのです。草まみれの魔物。それは、草巻き魔物ということ。つまり、草」

「えええー」

「いいじゃねえか、お前も見たろ。輪切り」

「スパスパスパーンって」

「かっけー」

「俺たちの、一生の忠誠をー」

「姐さんにー」

大人のコボルトたちは、マーゴットに頭をこすりつけた。シャッシャッと、ツァールがコボルトたちを追い払う。

子犬のコボルトたちは、輪切りでバラバラになったミミズをかき集めている。

「今日は、ご馳走だ」

「結構です」

マーゴットは間髪を入れず断る。さすがに、ミミズは食べたくない。乙女で王女だぞ。

気が利く護衛たちが、鳥やウサギを狩ってきてくれた。海辺で宴会だ。

「姐さん、てことは、あれっすね。無敵ってことっすね」

急になついたコボルトたちが、マーゴットの周りに群がる。

「ツルとか草とかまぶしてから、ぶった切ればいいってことっしょ」

「実質、無敵っしょ」

何をしょっしょ言っているのか、この犬たちは。マーゴットは聞き流しながら、鳥肉を食べる。

「姐さん、ついていきやす。名前、お願いしやす」

コボルトたちが尻尾をブンブン振っている。

「え、まさか、全員？」

「そうっす」

「ええー」

マーゴットの悲鳴は、波に吸い込まれて消えていった。

「はーい、あなた、なんだか緑っぽいから、ヨモギねー」ペカー
「はーい、あなた、なんだか草っぽいから、ナズナねー」ペカー

「姐さん、適当っすね。でも、最高っす」

マーゴットのやっつけ名づけ。意外と好評だった。なんでもいいのか。いいのだろう。

そして、コボルトたちにも、漏れなく翼が生えた。

＊　＊　＊

マーゴットが名づけでヘトヘトになっている頃、居住地では皆が試行錯誤をしていた。

「よーしよしよし」

「いけた、いけましたー」

世界樹の木の枝の、上と下で歓声が上がる。水やパンの乗った箱が、無事に木の枝まで届いた。

長く、苦しい道のりだった。それなりに。

井戸と同様の水汲みバケツに水を入れたグラスを入れ、持ち上げることから始めたのだが。重量がないからか、フラフラグラグラ、バケツが揺れる。風に吹かれて、グラーンとなったり。上まで来る頃には、バケツの中でグラスが倒れて、水がこぼれている。

次は、大きめの木箱にし、箱自体を重くした。そうすると、スキル持ちか、力持ちの男しか持ちあげられない。

「うーん、この作業は、女性でもできるようにする方がいいと思う」

「毎回ポールさんにお願いするのもねえ」

「ポールさんの無駄遣い」

「だな」

女性でも持ち上げられるぐらいの木箱にする。慎重に、最大の注意を払って、そろそろと引き上げる女性たち。

「やったー、こぼれてない」

「でも、ここまで時間かけて、気をつけてやるぐらいならさあ」

「持って運ぶ方が、楽かも？」

うーん。皆でまた熟考する。

「分かった。箱の中でさ、グラスが動くからダメなんだよ。割れ物を運ぶときはさ、周りに色々敷き詰めるじゃない。それで行ってみよう」

緩衝材（かんしょうざい）の草や葉っぱをギュウギュウ詰める。

「やったー、こぼれてないし、楽だった」

「でも毎回、草とか葉っぱをわざわざ詰めるの、面倒よねえ」

「まあ、そうかも」

「あまり、キレイじゃないよね。葉っぱに虫とか土とかついてるかも」

「あ、ほんとだ」

相手は、貴族のご令嬢だった。虫とかついてたら。金切り声が島に響き渡るだろう。その光景が容易に想像できて、葉っぱを詰めるのは却下となる。

「箱の中にさ、もう一つ箱を入れるのはどうかな。グラスの形の穴が開いてて、そこにグラスをはめ込む」

「毎回同じグラス使わなきゃいけなくなるけど。それでもいいか、うん、いいよね」

「だったら、スープ皿とかもはめられる穴があるといいかも」

「熱いスープをこぼさず運べると、いいいよね」

「フタかぶせたら、さらにいいかも」

「いいね」

宿泊客のごはんを入れる器は、形を統一し、フタもつけることが決まった。器の形に合った穴が開いている小さな箱がいくつも作られる。

「お茶のカップと急須用の穴も欲しいかも」

「魚とか乗せる大きな丸皿とか」

「フォークとかナイフ入れる場所」

「グアー、そんなに組み合わせたくさん作るのかよー」

箱の設計図を担当する男が頭をかきむしる。

「もうさー、部屋では水とパンしか食べられません、ってできたらよくない」

「ホテルの意味」

「本末転倒」

「ですよねー」

はあー、皆のため息で、近くを飛んでいた蝶々が吹き飛ばされた。

「みんな、思い出して、非日常感。部屋で食べられるのは三種類ぐらいに絞っちゃおう。ピクニック形式。バスケットに入ってピクニックに持っていけるものだけ。どうよ」

「いいかも、いいかも。肉とか魚は、パンにはさんじゃえばいいよね。それを布とかでグルグルッて巻けば、持ち上げても崩れない」

「スープとか汁物はなしにしよう。ピクニックで汁物持っていかないじゃない。いかない、よね？」

「いかないんじゃない。飲み物は水かジュース。熱い飲み物はなし」

「よし、またマーティン様とベネディクトさんに相談しよう」

「そうしよう」

諸々の検討事案と解決案をまとめて、お昼ごはんのときにふたりに相談する。お昼ごはんは、偉い人に相談する時間という流れがすっかり定着している。

ベネディクトは熟考の姿勢で意見を聞いたあと、口を開く。

「いいのではないか。ピクニックのバスケットを箱に入れて持ち上げるという案。木箱で部屋まで持っていくよりは見栄えがいい。何人か、持ち上げる人が木の枝の上で常駐する必要があるが。それに、給仕はどうするのか」

「そうでした。バスケット渡して、はい終了、ではないですね。貴族のご令嬢は、バスケットからごはんを取り出したり、しませんよね」

「しませんかね？　それぐらい、やってもらえないかしらね？　だって非日常の冒険ですよ」

「まあ、それぐらいならやってもらってもいいかもしれない。とはいえ、バスケット入りの箱を引き上げて、部屋まで運ぶ人員は必要だな」

考えることが、まだまだまだ、いくらでも出てくるな。テーブルに暗い空気が立ち込める。

「いやあ、みんなすごいね。ありがとう。課題が見えれば、あとは解決するだけ。大丈夫、なんとかなるから。どんどん課題を見つけよう」

マーティンが明るい声で見回す。

「そうですね。私たちも、ベネディクトさんを見習って、課題探しをがんばります」

もう誰も、ベネディクトをあら探しスキルと呼ぶ者は、ここにはいない。マーゴットがあるときベネディクトに言ったのだ。

「ベネディクト、臆せずどんどん意見を言ってくださいな。あなたのあら探しスキルは、素晴らしいと思うの」

「そうでしょうか。そんなこと、言われたことはございませんが」

「あら探しって、言い方があれだと思うのよね。要は、ベネディクトは課題を探すのが得意ということでしょう。それって、とてもありがたいのよ。課題が分かれば、あとは解決すればいいの。何もベネディクトが解決しなくていいのよ。誰か解決できる人を探せばいいの」

なんでもひとりでやってはいけないのよ。そう言って、マーゴットは女神のように微笑んだのだ。ベネディクトに助けられ、いつもありがたく思っていたマーティンもすぐさま乗っかる。

「なるほど、その通りですね。言葉にできなくて、もどかしい思いをしていましたが。確かに、べネディクトのスキルは課題探しです」

王女と領主に手放しで褒められて、ベネディクトは動揺した。動揺したあまり、インク瓶をなぎ倒し、机がインクまみれになってしまった。

それが、すっかり島民に広まった。そうだわ、あら探しじゃない、課題探しだわ。素晴らしいスキルじゃないの。神様、なんというスキル名をつけるのですか、もうちょっと言いようってものがありませんか。そんな気持ちなのだ。

「よーし、ひとまずは、バスケット入りの箱が持ち上げられるか、試そう」

マーティンの音頭に、皆の意識が集中する。一つひとつ、解決すれば、いつかうまくいく。

皆はまだ知らない。マーゴットが飛べるコボルトを引き連れて戻って来ることを。マーゴット、人の良い点をみつけるのが上手という長所がある。一方で、無自覚に無双しすぎて、他の人の努力を笑いながら追い越しちゃうところも。すごい、すごいけど。もう少し、島民に花を持たせてやってもいいんだぞ。コボルトの到来をなんとなく察知したトレント。そっとため息を吐いた。

22. 海のグネグネ

「姐さんと一緒に、居住区に移住してもいいっすか」

　コボルトたちは、マーゴットについて行く気まんまんだ。

「いいと思いますけれど。でも、私まだ草刈りの旅を続けなくてはいけないの」

　まだ、魔植物がはびこっているところがたくさんある。とりあえず、南に来たから、次は西に向かおうかと考えているところだ。今度は一直線ではなく、ギザギザと伐採しながら進んで行けば、討伐面積が広くなるだろう。

「そっすか。だったら長距離が厳しいちびっ子や長老たちは、姐さんが作ってくれた道で居住区に行かせようかな。姐さんについて行くのと、居住区に行くので、群れを分けやす」

「大丈夫かな。まだ魔植物たくさんいそうだったけど」

　護衛たちが心配そうに割って入る。マーゴットには見えていないが、それなりに魔植物が残っているらしい。コボルトたちは考え込んだ。

「小舟があるんだから、海から居住区に行けばいいのでは」

　船旅、快適だったなとマーゴットは思い出す。船酔いもなく、爽やかな風を楽しめた。それに、小舟なら荷物を運ぶのも簡単だろう。

「海はですね。さらに恐ろしい魔物が出るのです」

長老が大きな声で説明してくれる。長老、名前をもらったら元気になって、声も大きくなった。

「破壊王が、海の魔物も定期的にまびいてくださったらしいのですじゃ。ところが、破壊王が何百年も不在になられて。その間に、海の魔物はどんどん巨大化し。巨大な魔物同士が食い合って、残った魔物はさらに大きく」

長老が、悔し気にヒゲをピルピルさせる。

「もう、おちおち海にも出られやせんのですわ。魔物のせいで、海面が上がって、大事な神殿まで沈んでしもうたと聞いております。わしら、どこに向かって祈っていいのやら」

「そうなのですね。なんとかしたいのは山々なのですが。海の魔物は、私の対象外ですわね。草がないと、どうしようもないですもの」

「やっぱ、そうっすかね。姐さんだったら、どこでも無敵な気もしやすが」

コボルトたちの期待に満ちた潤んだ瞳。マーゴットは心苦しいが、首を振る。できないものはできない。海は、マーゴットには未知の世界。海の魔物の知識もない。

ツンツン　ツァールがマーゴットをつつく。手にはぬらぬらした緑の物体。

「なるほど、それならいけるかもしれませんわね」

マーゴット、初の海刈りが始まる、かもしれない。

小舟に乗った護衛とコボルトたちが、海に漕ぎ出す。マーゴットは、ツァールと共に、崖の上で待機だ。じっと海を見つめる。

小舟が点ぐらいの大きさになったとき、ツァールが手招きする。マーゴットはツァールの背中に飛び乗った。大きな翼が持ち上がり、ツァールとマーゴットは空に浮いた。ツァールは、マーゴットが振り落とされない、ギリギリの特急で一直線に飛ぶ。マーゴットの目にも、グネグネした海の魔物が見えてくる。シーサーペント、大海ヘビがコボルトを食べようとかま首を持ち上げている。

ベチッベチベチッ　ツァールが空からワカメをまき散らす。ワカメまみれのシーサーペント。

マーゴットはツァールの背中から真っ逆さまに落ちる。

「やーっ」マーゴットの斧がきらめく。

「シーサーペントのワカメ巻き、きたー」

「輪切りー」護衛とコボルトが叫ぶ。

バッシャーン　ドボドボドボッ　輪切りのシーサーペントが海に浮かんだ。

コボルトたちは喜びいさんで、輪切りを小舟に回収する。

「姐さん、さすがっす」

「姐さん、最高っす」

「姐、姐、姐ー」

コボルトたちが拳を突き上げる。

「今日もご馳走っすねー」

「うーん、そうね。ちょっとだけ試してみようかしら」

ミミズはあれだけど、シーサーペントなら、まあ。いけるかもしれない。

シーサーペントの輪切り焼きを食べて、ゆっくり寝て、翌朝。海に小島ができていた。小島の上には神殿が見える。

「うーん、不思議なことばかり起こる島だわ」

不思議のほとんどは、マーゴットが巻き起こしているのだが。マーゴットに自覚はないようだ。ツァールが止めないので、皆で小島に上陸する。巨石を積み上げられた神殿。石に掘られたうずまき模様が至る所に見られる。

「伝説の、うずまき神殿」長老が感極まった声でつぶやく。

まんまだわ。マーゴットは思ったが、口には出さない。

神殿の内部には、豊満な豊穣神(ほうじょうしん)の像が鎮座している。

「うずまきは、永遠の象徴。この地に永遠なる豊穣を」

長老が静かに言い、皆で跪(ひざまず)いて豊穣神に祈りを捧げる。静謐(せいひつ)な空気が流れた。

祈りが終わると、長老は立ち上がり、マーゴットを見上げる。

「破壊王マーゴット。ここは時を司る神殿と言い伝えられておる。時にまつわる願い事をしてみるとよいやもしれぬ。ただし、ひとつだけじゃぞ。ひとつじゃぞ」

「はい、そういうの、慣れてます。ちょっと考えますね」

マーゴットは、ベネディクトの真似(まね)をして、手を額(ひたい)の前で三角にしてみる。三角かあ、なんにも思いつかないわあ。まあ、いっかあ。

すうっ　マーゴットは息を深くすって、口を開いた。

「長ーい願い事もなしじゃ」

長老の言葉にマーゴットは口を閉じる。なぜ、バレているのか。はあ、仕方がないですわあ。

「この島の水を若返らせてください。塩まみれになる前まで。よろしくお願いします」

ギギギギギギ　豊満な豊穣神の両腕が上がり、ゴトンと足の間から何かが落ちた。

「な、何か。産まれたのか、落ちたのか。ちょっと、もうちょっとこう」

別の出し方してほしかったマーゴット。ツァールがサッと何かを取り上げ、ハンカチでゴシゴシこすり、マーゴットに渡してくれる。

「これは、何かしら。木の魚かしら」

マーゴットの手の平ぐらいの大きさの、木の魚。

「それを水に浮かべて、魚の頭の方角に進めばいいようじゃ。そこに行けば、島の水を若返らせる何かがある。誇り高く、強く、気高く、ちょっぴりお茶目な戦士たちが守っていると聞くが。破壊王なら問題ないじゃろう」

「まあ、それはありがたいですわ」

マーゴットはパアッと笑顔になる。

「それにしても、さすが破壊王。我が身の若返りを望まぬとは。己（おのれ）のことより島全体の幸せを願うとは。さすが、王であるな」

「いえ、そんな。私、まだ十七歳ですから」

褒められて照れているマーゴット。十七歳の身で若返ってどうするのかとも思うが。

「無私無欲の心意気。あっぱれなり。ご褒美に、日焼けしてもすぐ元に戻る肌を授けよう、とのことじゃ」

「やったー」

マーゴットとお世話猫ツァールが同時に両手を上げる。

「姐さんも、そういうとこ女性なんすね」

「日焼けとか、気にするんっすね、姐さん」

「俺は、こんがりキツネ色の姐さんでも、好きっす」

「ホホホ。今はよくても、年をとってからシミになって出てくると聞きますもの。帽子や手袋では限界がありますし。ありがたいですわ」

神殿に朗らかな笑い声が響いた。

＊　＊　＊

うずまき神殿が笑い声に包まれている頃、居住区の執務室ではマーティンが頭を抱えていた。

「まだ完成もしていないのに、招待状を出すのか？　早すぎないか？」

「営業開始前に、特別な方々にお披露目するのが一般的です。マーゴット王女殿下がいらっしゃるので、王族以上が最低限かと」

「王族以上って、つまり、王族では」

「その通りです」

ベネディクトの真面目(まじめ)な顔を見て、マーティンはため息を吐(つ)く。

「王族の予定は年単位で既に決まっています。早め早めに打診しなければ、どなたにも来ていただけません」

「まだ、いつ営業できるかも見えていないのに」

「それはそれ、ですよ。世界樹を披露するだけで、十分価値はあります」

「確かに」

すっかり世界樹のある景色が普通になっていたが。世界樹を見たい人は多いはず。

「世界樹のお披露目、ついでにホテルの告知。それでご満足いただけるはずです」

「では、気軽に招待状を送ろう」

マーティンの顔が明るくなった。

「はい。今回は正式な招待状ですので、礼法に則ったギッチギチです。私が下書きを用意しますので、その通りにお願いします。ぜひ、ぜひぜひお願いします、は封印です」

「分かっている」

マーティンは少し赤くなった。

23. 怪しい扉

王宮で、フィリップは招待状を見て思案気な表情を浮かべている。

「世界樹にホテルだと。何を考えている、ユグドランド」

招待状に世界樹と書くなど、正気の沙汰とは思えない。バカなのか。フィリップはいら立ちを隠せない。近頃、問題が立て続けに起こる。

「なぜ王宮が薄汚れているのだ？」

「ホコリ払いスキル持ちをクビにしたからです。ハタキで十分と陛下が仰せでしたので」

「穴のあいた布があったぞ」

「針に糸を通すスキル持ちをクビにしたからです。裁縫の効率が下がっております」

「シャンデリアがくもっている」

「家具磨きスキル持ちが、辞めました。王宮の雰囲気がギスギスして、働きにくいと」

「庭でまた植物が暴れておりますーーー」

「なにっ」

無能な足手まといをクビにして、少数精鋭で効率よく、キビキビとした王宮になると思っていたのに。なんだこの体たらくは。痒い所に手が届かない、走りながら考えられず、明後日の方向に迷走している。グダグダだ。

ハズレスキル持ちが大挙していると聞くユグドランド島。烏合（うごう）の衆が集まって、さらに沈むと思っていたのに。もたらされる情報は、耳を疑うものばかり。

「まさか、私が間違っていたのか」

そんなまさか。あり得ない。覇王スキル持ち、王の中の王。凡百の民を率いる、鮮烈な王として歴史に名を残すはずだった。いや、はずだ。そうなるに違いない。のか。

常に自信満々、自分に疑いなどかけらも持ったことのないフィリップ。まさか、ひょっとして、よもやの弱気が忍び込む。

「クッ、あり得ない。私が失敗するなど。この目で見てやろうではないか。そして、化けの皮をはがしてやる」

有用な者がいれば、連れて帰ってもいいな。

フィリップは、招待状を部下に渡す。

「予定を調整するように」

「はっ」

部下の出て行った部屋で、フィリップはいつまでも考え続けていた。

＊　＊　＊

「マーティン様。フィリップ陛下がお見えになるそうです」

ベネディクトの声に、マーティンはパタリとペンを取り落とした。

「嘘だろう」

「本当です。そして、招待状に世界樹のことを書くなバカ者と書いてあります。婉曲的に」

「ああ」

マーティンは机に突っ伏した。

「世界樹目当てに、よからぬ者が島に押し寄せるかもしれない。身辺に気をつけろ、とも。いいお方ですね。実は？」

ベネディクトが質問口調で感想を述べる。マーティンは顔を上げると、ポリポリと頬をかく。

「よからぬ者など、島に上陸できないと思うが。シーサーペントが出ない航路は限られている。航路を知っているのは、信頼できる船長だけだ。海流は複雑で、熟練の船長以外は島までたどり着けない。内陸部は魔物と魔植物だらけ。仮に上陸できたとしても、踏破はできないだろう」

「そうですね。やはり、なんらかの神の差配を感じます。天然の要塞のような島ですね、ここは。この鉄壁ぶりをご存じない陛下が、ご心配なさるのも無理はありませんね」

フィリップ王の心配を軽く流すマーティンとベネディクト。シーサーペントは輪切り焼きになり、ミミズを始めとする魔物や魔植物は、着々とマーゴットに切り刻まれている。

「マーゴット様が魔植物は減らされていると思いますが、魔物はそのままのはずです。魔物に遭遇したら、マーゴット様を退避させるよう、護衛には言い含めておりますし」

マーゴットの無敵ぶりに、すっかりそんな言いつけは忘れている護衛たち。

思惑が、すれ違う。

＊　＊　＊

思惑は、現在進行形ですれ違っている。

ちびっ子コボルトと保護者たちは、荷物を乗せて、小舟で居住区に向かった。元気いっぱい、姐(ねえ)さんと旅したいぜーな精鋭コボルトは、マーゴットの周りで血気盛んに魔物を屠(ほふ)っている。

「ひゃっはー、無敵ー」

「おらおらおらおら、ぬるいわ」

「フハハハハ、くらえ、肉球ー」

翼を得たコボルト、まさに水を得た魚の如(ごと)しである。調子に乗りまくって、どこまでも飛んでいきそう。

「あなたたち、ほどほどにね」

周囲がはしゃいでいると、逆に冷静になれるマーゴット。いつもより、淡々と草刈りをしている。

ツァールは呆(あき)れたといった感じで首を振りながら、木の魚で方角を見ている。

「飛ぶって、楽しーい～」

「うえぇぇぇぇーーーい」

「秘技、急転直下ーーー」

「なにおう、紆余曲折ー」

「それなら、空前絶後ー」

とても大人とは思えない、ハメの外しぶり。人と猫は、半日で眺めている。

コボルト村に来てから、ほんの少しご機嫌斜めだったお世話猫ツァール。すっかり元通りになっている。コボルトの前で、思う存分ツァールを褒め称えたのがよかったらしい。もっと頻繁に、感謝と大好きって気持ちを伝えないといけないわ、マーゴットは決意する。

「ねえ、ツァール。いつもありがとう。大好き」

言ってて恥ずかしくなったマーゴット。早足で立ち去ろうとしたのだが。

モフッモフモフッ　スリスリ　ツァールの渾身の抱きしめで、身動きが取れなくなる。

「なーなー、もういいっすかー」

「そろそろ行きましょうよー」

コボルトがツァールをツンツン突き、マーゴットは解放された。ツァールは上機嫌。ずっとスキップしている。巨大猫のスキップ、翼つき。どこまでも飛んで行きそうだ。

そんなこんなで、大変微笑ましい一面と、容赦のない伐倒を繰り返し。

「やってきましたー、最も夕日が美しいと評判の西の果てにー」

マーゴットは海に向かって叫んだ。今まさに、太陽が沈もうとしている。

淡く輪郭がボヤけた、目玉焼きみたいな夕焼け。

「目玉焼き、食べたいわー」

しばらく卵を食べていないことに気がついたマーゴット。もう、夕焼けが卵にしか見えない。

ツァールはゴソゴソとどこかを探る。卵はなかったようで、しょんぼりしている。

「姐さん、ニワトリ探してきやしょうか」

「いいえ、いいの。今はまず、木の魚の示す場所に行ってみましょう」

ツァールがさっと、お椀に浮かべた木の魚を見せる。

「あっちっすねー」

コボルトたちはあっという間に走っていく。暴走するコボルトを見送りながら、マーゴットとツァールは木の魚を見ながらゆっくり歩く。なんの変哲もない、草っぱら。お椀の中で木の魚がグルグル回り始めた。

「あら、ここってことかしら。でも、何もないわね」

マーゴットが辺りを見回していると、遠くの方からコボルトたちが走って戻ってくる。

「姐さん、あっちは何もなかったっすー」

「どうも、ここみたいなのよ。でも、何も見えないわよね。不思議だわ」

皆で木の魚をじっくり見る。まだグルグル回っている。

「この下ってことじゃないっすか」

「俺たち、掘ってみます」

ここ掘れワンワンと歌いながら、コボルトたちはせっせと穴を掘る。

ガツッ　音がして、コボルトたちは一斉にマーゴットを見上げた。

「ここになんかありやーす」

コボルトは今度は丁寧に土を払っていった。土の下から、古びた小さな木の扉が現れる。

「開けてみやーす」

マーゴットが止める間もなく、コボルトが扉を押す。開かなかった。コボルトは今度は取っ手をつかんで、引っ張る。開かなかった。

「姐さん、鍵がかかってやーす。鍵穴が、あ、これかな」

ツァールがマーゴットをそっと抱きかかえ、下までフワッと降りた。ツァールが差し出した木の魚を、マーゴットは鍵穴にはめる。はまらなかった。

「鍵穴小さいっすから。横にはめるのは無理っすよ。姐さん」

「魚の頭を鍵穴にぶっさせばいいっすよ」

コボルトにやいやい言われ、マーゴットは今度は魚の頭を鍵穴に差し込む。スルッと入り、クルッと回り、ゴゴゴゴゴと扉が横に消えた。

「引き戸ー」

「まさかの引き戸ー。こんな場所でー」

コボルト大興奮。扉の下をのぞき込んで、叫ぶ。

「地下に続く階段ー」

「冒険の匂いー」

「ワウーン」

大騒ぎ。ワウーンが、ワウーンワウーンと地下に響いていくのが分かる。

「もし、中に敵がいたら。今ので私たちの存在が丸バレですわね」

頭痛をこらえながらマーゴットが言うと。

「そうっすね。先に行って、どんな敵がいるか見てきやす」

「目玉焼きがあったら、毒味しておきやす」

「いってきやす」

やすやすやすやす。安い言葉を発しながら、コボルトたちは落ちて行った。護衛たちが、ため息を吐きながら後に続く。最後に、ツァールがマーゴットを抱え、フワッと落ちて行く。翼、実に便利である。随分降りた後、地下に着いた。ツァールがさっとランプを取り出す。

ボンヤリした灯りが地下を照らした。

「姐(ねえ)さん、地下神殿です」

「黄金がザックザク」

「目玉焼きはありやせんでしたー」

待ち構えていたコボルトが、口々に報告する。

「敵はいなかったのね」

「敵はいやしません」

「小汚いドワーフが寝てるだけっす」

コボルトに案内された先には、七人のドワーフ。スヤスヤと眠っている。

「こういうのは、姫のキスで目覚めさせるらしいっす、姐さん」

「キースッ、キースッ、キースッ」

ゴスッ　ツァールの拳(こぶし)がコボルトの頭に落ちた。

ギラリ　マーゴットの草刈りハサミが光る。

「悪ノリは、もう許しませんよ」

コボルトたちは、行儀を覚えた。

「これだけ騒いでも起きないって。呪いでしょうか」

マーゴットは困ったときの草刈りハサミを出す。

チャッキチャッキチャッキ　草刈りハサミを開け閉めするが、何も起こらない。これでダメなら、マーゴットにできることは何もない。しばらくドワーフを見つめていたが。

「黄金ザックザクを見に行きますか」護衛の言葉で、歩き出す。

黄金の響きは、やはり魅力的だ。気をつけながらコボルトについて行く。開け放された引き戸の向こうは、キンキラ眩い黄金の部屋。中の家具や壁、全てが金だ。とても目が疲れる。

「こういうのは、触ったら眠りに落ちるらしいっす、姐さん」

コボルトが小声でささやく。部屋の物に触らないよう注意して、中に入る。壁際には金の鎧がズラリと並ぶ。大きな机の上に金貨とご馳走の山。一番奥に金の仮面をかぶった人が座っている。

「こ、こんばんは？」

こういうとき、なんて言うものだろうか。悩みつつ、とりあえず挨拶するマーゴット。何も返事がない。寝ているのか、生きていないのか、置物か。

マーゴットはまたしても草刈りハサミを出した。

チャッキチャッキチャッキ　ズモモモモ　仮面の人が浮かび上がる。

え、刈る？　刈るべき？　想定していなかった事態に、マーゴットは動揺した。

「チャンカワンカ　チャンカワンカ　チャンカワンカ　チャンカワンカ」

奇妙な音楽が鳴り始め、七人のドワーフが踊りながら部屋に入ってくる。

「チャンカワンカ　チャンカワンカ　チャンカワンカ　チャンカワンカ」

七人のドワーフと仮面の人が、手をつないでマーゴットの周りをグルグル回る。

「やーめーてー」

マーゴットは草刈りハサミを構えて叫んだ。

ザザッ　七人のドワーフと仮面の男がマーゴットの足元に跪く。

「破壊王、お待ちしておりました」

「お待ちしすぎて、寝過ごしました」

「麗しき我らが破壊王に冥府の神の祝福あれ」

口々に言うチャンカワンカたち。いや、名前か知らないが。

「敵じゃないのね」マーゴットは確認する。

「敵ではありません。破壊王の忠実なる下僕でございます」

「冥界の扉を守っておりました」

「はあ、そうですか。ちょっと、座って話せないかしら」

マーゴットは疲れてきたので、座りたい。チャンカワンカたちにどうぞどうぞと椅子に案内される。

「どうぞ、お好きな物をお召し上がりください。時を止めておりましたから、新鮮なはずです」

ドワーフたちがご馳走の前で両手を広げる。それは、何年、いや何百年とかでは。

「私、目玉焼きが食べたいです」

マーゴットは王族らしく優雅に注文を出す。ドワーフたちは、ワタワタしながら、どこかから卵を出してくる。ツァールがさっと受け取り、皿の上にパカッと割ると。あら不思議、ホカホカの目玉焼き。ツァールが塩胡椒(こしょう)を振って、マーゴットの前に置く。

何もかも、めんどくさくなったマーゴット。考えるのをやめて目玉焼きを食べることに専念する。

「それで、チャンカワンカたちは、ここで何をしているの？」

「チャンカワンカ。それは、我らの名前でしょうか？」

感激に打ち震えた様子でドワーフたちが胸に手を当てる。

「え、まあ。そういうことでもいいかしら。冥界の扉ってなあに？」

ドワーフと仮面の人が、あれやこれや、創世神話のような物を語ってくれる。豊穣神(ほうじょうしん)と冥府の神、生と死、破壊王が去って島の均衡が崩れたこと。

マーゴットの首がコクリコクリと動く。今日もよく歩き、草刈り、コボルトの暴走、ドワーフ、黄金、チャンカワンカ。

「チャンカワンカ　チャンカワンカ　チャンカワンカ」

マーゴットは、ツァールの毛皮に包まれて、深い眠りに落ちた。

＊　＊　＊

「ううー、よく寝たー」

伸びをして、目を開けると、チャンカワンカたちが遠巻きに見ていた。

「おはようございます。マーゴット様。昨日はお話の途中でしたが、本題です」

「おはよう。よく覚えてないけれど、何かしら」

「この中から、ひとつお選びください」

ドワーフが赤い布を広げる。

「悪霊を操る指輪。時を止める首飾り。動物と話せる腕輪」

「動物と話せる腕輪でお願いします」

皆まで聞かず、食い気味に答えたマーゴット。

「えっ、正直これは、ハズレアイテムですが」

「これでツァールやちびっ子コボルトと話せるじゃない」

マーゴットが伸ばした手を、そっとツァールが止める。

フルフルフル　かたくなに首を振り続けるツァール。

「ツァールがイヤなら、やめておくわ」

マーゴットはあっさり前言を撤回した。きっと恥ずかしいのだわ、そう思うマーゴット。

「えー、では続きまして。全てを黄金に変える杖。水を浄化する杯。死を先送りする帽子。若返りの仮面。以上、七つです」

「水を浄化する杯でお願いします」

今回もマーゴットはあっさり決めた。

「え、よろしいのですか？　これは若干ハズレアイテムですが」

「いいのよ。それがあれば、水不足が解決するじゃない」

うんうん、ツァールも満足そうだ。

ドワーフから受け取った杯を、マーゴットはそのままツァールに渡す。ツァールはシュッとどこかにしまった。

「若返りの仮面を選ばれるかと思っておりました」

「私、まだ十七歳ですから」

「三十七歳になったときに、ああ、やっぱり若返りの仮面がよかったーって、ならないでしょうか？」

「二十年後の若返りより、今飲めるキレイな水の方がいいじゃない。大体、私だけ若返ってもねえ」

他のみんなが水不足でカラカラの日干しになっていたらどうするのだ。

「なによりも民のことを優先になさるとは。さすが、我が王」

チャンカワンカ達にウットリと見つめられ、マーゴットは口をつぐんだ。何十年後かに老けたら、仮面もオネダリしようと思っていたのだが。言えない。

ほんの少し、ぐぬぬと思いながらも、その後は、地下神殿を見て過ごした。

「こちら、冥界の扉でございます」

「大きな扉」

王宮の門と同じくらい、壮大な感じのする扉。扉の前には三つの頭があるケルベロスが、数え切れないぐらい、いる。うごめいている。

「これでも、入口よりは小さいのです。こちらの扉は出口ですから。出口は小さく、入口は大きく。冥界の入口は、居住区の神殿にございますよ」

「え、そうなの」

「入口はとても大きいですから、目に入らないかもしれません。いずれにせよ、入口はそれほど大事ではないのです。出口さえ守っていれば、人にとって悪しきものは出て行きませんから」

「なるほど、そうねえ」

「出口は、我々番人と破壊王で開けます。入口の開閉と、出口を閉じられるのは破壊王だけです」

ドワーフとマーゴットは扉を見る。これなら、マーゴットひとりで閉じられそうだ。

「破壊王が不在のときは、番人は寝ています。起きている番人がいないと、出口は開けられませんから。それが一番安全なのです。ドワーフ、仮面のゴーレム、ケルベロス、そしてもちろん破壊王。全員が起きて、合意したときのみ、出口を開けられます」

ふんふん、なるほどね。ややこしい仕組みになってるわね。感心するマーゴット。

「では、破壊王。開門と閉門をやってみましょう」

チャンカワンカに簡単に言われ、マーゴットは固まった。

「えーっと、どうやって?」

「大丈夫、もう開けられるはずです。開けられると信じてください。扉はもう、あなたの物ですから」

何を言っているのか、さっぱり分からないけど。ええー、あれも、きっと引き戸なのよねえ。

マーゴットは小さな扉を見た。丸い取っ手がついている。マーゴットは、よく分からないまま、手を伸ばして取っ手をつかんだ。取っ手はそこにはなかった。でも、つかんだ感触はある。

「ああ、なるほど。できそうだわ。でも、怖いからやりたくないわ」

とてつもない圧を感じた。チャンカワンカは笑顔になる。

「その通りです。開けない方がいいです。今日のところは大丈夫ですが、今後、開門には代償が必要になります」

ヒッ　マーゴットは慌てて、そこにはない取っ手から手を離す。

「代償って、何かしら。そういうことは、最初に言ってもらわないと困るわ」

マーゴットはツンツンして言った。

「今日はお試しですから、何も起こりませんよ」

「それにしてもよ。まあ、いいわ。代償について、きっちり、詳しく、漏れなく教えてちょうだい。ツァールもしっかり聞いて覚えてね。私、すぐ忘れるから」

ツァールが真剣な顔で手帳とペンを取り出した。

「まず、水を浄化する杯の代償ですが」

「はあっ？　もらった後に代償を言うの、なしじゃない。場合によっては、返品交換するわよ」

マーゴットは草刈りハサミを構えた。

「ハハハ、さすがです。ご心配なく。水を浄化する杯の代償は、我らチャンカワンカに感謝し、ありがとうと言っていただくことです。できれば使うたびに、歌って踊っていただけると、さらに効果が高まります」

「あら、そんなこと？　よろしくてよ。私の渾身のチャンカワンカを披露いたしますわ」

チャンカワンカとマーゴットはしっかりと握手を交わした。

「冥府の入口と出口の、開門と閉門ですが。代償はそれなりです。ちょっと老けます」

「ちょっと老ける。ちょっとってどれぐらいかしら。具体的に言ってくださる」

マーゴットの草刈りハサミがチャキンッと音を立てる。

「日焼けしたあと、白い肌に戻るのに時間がかかる。ほうれい線が深くなる。首にしわができる。髪に白いものがまじる。蚊に刺されたあとが、なかなか消えない。胸部が少し地面に近づく」

「はあっ？　まったくもって、ちょっとではなくてよ。特に、最後のなんですの。言語道断だわ」

「あ、あの。全てではありません。どれかが発生します」

「ひどい、ひどいわ。乙女に対してなんという試練を与えるのです。それ、男性なら痛くもかゆくもない代償ではありませんか。不公平ですわ」

「え、ええ。男性の代償はまた異なりまして。例えば、前髪が少し後退する。鼻の毛がやや長くなる。体臭が強くなる。男性機能がて……」

「キャー、おやめなさーい。下品ですわ。乙女に対してなんという無礼」

マーゴットは叫び、ツァールがチャンカワンカににじり寄る。ツァールがチャンカワンカに圧をかけた。チャンカワンカはそっとため息を吐く。

「分かりました。譲歩いたしましょう。なにせ、久しぶりの破壊王ですからね。仕事が多いですし、うら若い乙女ですし。ええ」

チャンカワンカたちは円陣を組んでひそひそゴニョゴニョ話し合う。

「マーゴット様は、草刈りのとき、草木から魔力を吸収されておりますね。だから、とてもお美しい」

「まあ、そうだったの？　知らなかったわ」

「マーゴット様の膨大な魔力を、大地に分け与えてください。一日、寝込むと思います。それでも、マーゴット様の美貌はそのままです」

「あら、いいんじゃないかしら。お世辞を巧みに散りばめているところも、評価が高いわ」

ツァールがうんうんと頷いているので、マーゴットはそれで手を打つことにする。

「いいわ、それでいきましょう。乙女の気持ちを汲んでくれたことに感謝して、早速踊ってあげるわ。チャンカワンカ　チャンカワンカ　チャンカワンカ　チャンカワンカ」

マーゴットの大層かわいらしいチャンカワンカに、小人とツァールとコボルトはうっとりした。護衛は少し引いた。マーゴットが気さくなことは知っていたけど、歌って踊ってしまうんだ。すごいなって。

気持ちよく歌って踊って、翌朝スッキリとした気分で目覚めたマーゴット。出発の準備をしながら、ふと気になった。

「ねえ、チャンカワンカたちは、私が居住区に戻ったら、また寝るの？」

「そうですね」

「退屈ね」マーゴットは気の毒に思う。

「いえいえ、夢の中で、歌って踊って。楽しいですよ。チャンカワンカ　チャンカワンカ　チャンカワンカ　チャンカワンカ」

ドワーフたちは、楽しげに腰や腕をフリフリしながら踊る。

「ねえ、一緒に居住区に来る？」

「いいですね。行きます。仮面のゴーレムとケルベロスに、後は任せましょう」

ドワーフたちは、満面の笑顔で即決する。

そんなわけで、陽気なチャンカワンカたちと、ケルベロス一匹も、一緒に居住区に行くことになった。


マーゴットが陽気で様子のおかしい同行者と、帰路についたとき。居住区でマーティンは冷や汗をかいている。フィリップ陛下がいらっしゃるそうでーす。マーゴット様、早く帰って来てくださーい。マーティンは心の中で叫んだ。

25. 覇王フィリップ

　覇王フィリップ。産まれときから、覇王だった。「天上天下唯我独尊」とは言わなかったが。目がいつもすわっている。表情が変わらない。常に冷静。そんな子どもだった。

　ただ者ではない。そう思われていたフィリップ。十歳のときのスキル鑑定は、誰もが納得の結果だった。

「やはり覇王」『さすが覇王』『やっぱり覇王』そんな反応。

　なんでもできる。失敗など縁がない。強く正しく揺るがないフィリップ。全方位で弱みなし。まさに、覇王。

　人を判断するときは、使えるか使えないか。優秀か無能か。要するに、自分に役に立つかどうかが最も大事。側近は優秀な者で固めている。

　婚約者選びも、もちろんそのように進められた。有力貴族令嬢の名前、家柄、年齢、スキルなど必要な情報を一覧にまとめる。たった一枚の紙で、決めるつもりだった。

「殿下、人は紙で判断できるものではありません」

　子どものときからついていた侍従が強く言う。仕方なく、令嬢たちを一堂に集めた。美しく着飾った令嬢たち。どれもこれも、才媛揃い。美しく、折れそうに細い腰をした令嬢たち。頭もよく、気の利いた会話もできる。誰を選んでも、未来の王妃にふさわしい。

退屈だ。もちろん退屈だ。皆、取り繕った表情で、すましている。これなら、紙で選んでも変わりがないではないか。少しずつテーブルを移動し、その席の令嬢と話す段取りなのだが。

「パンが好きなのか？」気づいたら、口に出していた。

隣のテーブルに座っている令嬢が、おいしそうにパンをほうばっている。フィリップが違うテーブルにいる間に、腹ごなし。そんな雰囲気を感じた。

さりげなく、令嬢がフィリップの席に案内された。令嬢は真っ赤になってドギマギしている。

「君は確か」フィリップは紙の一覧を頭に思い浮かべる。「ドーラ・バルモーア伯爵令嬢、スキルは柔和だったか」

「はい。さようでございます」

ドーラは消えそうな声で、震えながら答える。

「それで、パンが、パンが好きなのか？」フィリップはもう一度尋ねた。

「はい。パンが、大好きなのです。パンはどんなパンでも好きです。でも、甘いパンを食べると母に叱られるので。食べられるのは、この丸パンだけです」

しょんぼりと、悲しそうにうつむくドーラ。フィリップはおかしくなった。王子とのお茶会で、パンを食べられないことを愚痴る令嬢がいるとは。

「私が許す。この甘いパンを食べよ」

フィリップは、たっぷりとクリームの乗ったハート形のパンを、ドーラの前の皿に乗せてやる。

ドーラはもっと赤くなり、慌てふためき、それでも幸せそうにハート形のパンをペロリと食べた。とても早かった。

なぜだか理解ができないが、気がついたときには、ドーラが婚約者に選ばれていた。

「なぜだ」

「ドーラ様が殿下にピッタリだからです」

侍従があっさりと言う。どうやら、侍従が手回しをして、決まったらしい。

「なぜだ」

「殿下にお幸せになっていただきたいからです」

侍従の目が、あまりに真剣で、フィリップは議論する気が失せた。

「まあよい。ダメなら途中で挿げ替えればいいだけのこと」

だが、なぜだか、ドーラが妻になった。なぜだ。

不思議と、他の貴族たちから不満の声は上がっていないようだ。なぜだ。

頭脳明晰なフィリップに、たったひとつ分からないこと。

ドーラはフィリップとの子を五人も産んだ。柔らかく、優しく、穏やかな母に似て、どの子ものんびりしている。

五人の子どもを産んだドーラは、ぽちゃぽちゃとして、どこまでも柔らかい。

「今日は甘いパンは食べないのか」

「少し太りすぎだと思うのです。覇王の妻がぽっちゃりでは、いけないと思うのです」

「そ、そうか。では、この丸パンならよかろう。私も食べるから、ドーラも食べよ」

丸パンにバターもジャムも塗らず、そのままで食べる。これなら、ぽっちゃりは大丈夫だろう。

ふたりで丸パンを食べる。何もつけず、素朴なパン。柔らかく、ふんわりしたパン。


ところが、無能スキルを排除したとき、おいしいパンを焼くスキル持ちのリタまでいなくなってしまった。毎日食べるパンが、おいしくない。

ドーラは、不満を何ひとつ口にしない。いつも、穏やかだ。フィリップの仕事に意見を述べることもない。ただ、ドーラはパンを食べなくなった。そんなときだ、ユグドランド島から招待状を受け取ったのは。

「リタを連れ帰ってくる」

「それは、やめてください」

初めてドーラが逆らった。

「なぜだ」

「リタ様は、ユグドランド島でお幸せにお過ごしと聞いております。ですから、そのままに」

そうは言ってもな。ユグドランド島には世界樹ができた。物騒なことが起こるやもしれぬ。優秀なパン焼きスキル持ちは保護しなければ。おいしいパンが食べられないのは問題だ。いずれにしても、リタと話ぐらいはしよう。そう思って、ユグドランド島を訪れたのだが。

「海が穏やかだな」

聞いていた様子と随分違う。

「船長の話ですと、最近は海流が随分と穏やかになったそうです。島の周りを根城にしていたシーサーペントも見なくなったとか。その影響かもしれません」

「なるほど。それにしても、この距離からでも世界樹がはっきりと見える。さぞかし耳目を集めていることであろう。島の警護が強化されていればいいが」

あの呑気な領主では無理かもしれぬ。フィリップは嫌な予感がおさまらない。これ見よがしに世界樹をひけらかし、島を天然要塞にしていた海流が収まり、番犬代わりのシーサーペントがいない。

さあ、乗り込んで、乗っ取ってください。そう言っているようなものではないか。

「王都から一個中隊を連れてきてよかった。そのまま島の警護に当たらせるか」

精鋭部隊がいれば、なんとかなるだろう。半年、いや少なくとも一年は駐留させよう。その間に、島の若い男を鍛え上げればよかろう。島に近づくにつれ、緑の多さが目をひく。

「不毛の地とは到底思えぬが」

ハズレスキルの者たちが島に移住してから、緑が増えているとは聞いていた。まさかこれほどとは。半分が灰色、もう半分が緑色。不可思議な不毛の島だったはず。もはや、灰色の部分はどこにも見えない。

26 皇帝リッキー

帝国の太陽、リッキー・アミーリャ皇帝。

国土の拡張に成功し、国は驚くほど豊か。国民人気は抜群だ。

国民は、親しみをこめて、のらくら皇帝と呼ぶ。

リッキーのスキルはのらりくらり。国民全員が知っている。よもや、のらりくらりスキルを持つ男が皇帝になろうとは。覇王フィリップには信じられないだろうが、厳然たる事実だ。

のらくら皇帝リッキー、全くもって高潔無比ではない。真逆だ。まず、口が悪い。態度もいただけない。好き勝手やっている。でも、人気がある。なぜか。国民が思っていても、言えないことを、バンバン口にするからだ。スカッとするのだ。

「税金の使い道だあ？　知らねえよ。そんなに知りたきゃ、全部公開してやるから、勝手に見ろ」

そして、本当に全部公開しちゃった。写しがたくさん作られ、主要都市の役所に配られる。望めば誰でも閲覧できる。一家言ある教養のある人たちは、狂喜乱舞しながら舐めるように読んだ。そして、都市の酒場などでは連日、激しい議論が繰り広げられる。

「この税金の使い方はおかしい。医療費を削減して、国境警備に振り分けるべきだ」

「なんだってえ。医療費は大事だろう。もう帝国は最強と知れ渡ってる。軍事費は削減して、国民

の福祉を手厚くすべき」

「子どもは国の宝って言うではないか。子どもの医療費と教育費は無料にしては」

各地でそのような光景が見られる。

「俺たちの考えた、最高の税金の使い道を、お上に届けようぜ」

血気盛んな若者が、酔った勢いで皇宮に文書を送りつける。シラフに戻ってから、さあーっと青ざめても、後の祭り。

「不敬罪で縛り首になりませんように」

そう、祈るように過ごしていると。あるとき、家に役人が訪れた。

「これを書いたのは、あなたで間違いありませんか？」

「は、はい」

「今から帝都にお連れします。閣下がお待ちです」

閣下って誰ー。若者は聞きたいが、聞けない。生きた心地もしないまま、帝都に丁重に送り届けられる。

「お前、いいこと書いてたな。これから、俺の下で税金の使い道を決めろ」

「陛下ー」

「おう、のらくらリッキー皇帝とは、俺のことだ。あとは頼んだぜ。お前の考える、最高の税金の使い道を実現してくれ。必要な人材や資料とかあれば、そこの男に言ってくれ。なんでもやってくれる」

とても上品な男性が、恭しく礼をする。この人の方が、よっぽど皇族っぽい。若者はガタガタ震えながら思った。

そんな、超法規的、大抜擢が日常茶飯事の帝国。もはや、身分もスキルも、どうでもいい感じである。

皇帝リッキー、決して聖人君子ではない。帝国の民を食わせるには、領土を拡大していくことが必須と割り切っている。どんどん他国の領土を乗っ取り、吸収する。だって、帝国ってそういうものじゃーん。そんな、ふてぶてしい感じ。

「なるべく血は流すな。無血で吸収しろ。そこの住民も、俺の民になるんだからな」

荒くれリッキーの忠実なる凶犬たちが、各地に散らばる。

「各国のハズレた土地を狙えよ。あまりパッとしない場所がいい。でも、手を入れれば化けそうなところが狙い目だ。あんな土地なら、くれてやるかって王が諦めそうなのが戦争になりにくい。占領しても、そこの住民に感謝されやすい」

制圧するときに、血を流すとしこりが残る。同化政策が難しくなり、統治に手こずる。リッキーはよく知っている。

「凶犬と騎士だ。戦略的にいけ」

リッキーは、人の心を知り尽くしている。非力な民が恐ろしい凶犬に襲われているところを、高潔な騎士が助けに来る。懲らしめられる凶犬。それを見て溜飲を下げ、騎士に恩義を感じる民。単純だけど効果的なのだ。

さて、皇帝リッキーの忠実なる凶犬ナヴァロ、船の上で気合いを入れている。海賊として暴れまくり、危うく縛り首のところを皇帝リッキーに救われた。それ以来、数々の凶犬役を引き受けている。脅し、捕まり、しばかれる。それが役目。

「さあ、行くか」

慣れた感じで、船を港に近づけていく。

「いつも通り、頭をおさえる。領主マーティン、気が弱く、スキルは肩もみ。世界樹ができたらしいから、今のうちに手の内に取り込みたい。いいか、血は流すなよ」

おそらく、領主は世界樹のあたりにいるだろう。あそこなら、船を寄せて、すぐに駆け上がれる。

ナヴァロと手下たちは、全裸になって海に飛び込む。すさまじい速さで砂浜にたどり着くと、全速力で崖を駆け上がる。走りながら、狼の姿になった。その方が、速い。人狼のナヴァロたちは、難なく世界樹の場所まで登りついた。

世界樹のそばで、呆然としている身なりのいい男。ナヴァロは跳び上がり、男を押し倒した。手下が護衛を制圧する。ナヴァロは、人の姿に戻る。筋骨隆々の裸体のナヴァロは、踏んでいた男の襟首をつかむと、持ち上げる。

「この島は、俺の支配下に置く」

ワウーン　ワウワウーン

巨大な狼の遠吠えが、響いた。

しばらくすると、狼の声を聞きつけたのだろう。島民たちが恐る恐るやってきた。皆、それぞれ手に鍬や鋤、銛などで武装している。

「ヒッ、狼」

「マーティン様が」

「黙れ。殺すぞ。武器を捨てて、這いつくばれ」

ナヴァロは凶悪な顔をさらに恐ろし気にして、島民をねめつける。島民は震えながら、地面にうつ伏せになった。

「私はどうなってもいい。どうか、島民には手を出さないでくれ」

ナヴァロに持ち上げられてプラプラしている男が、必死の形相で言葉を絞り出す。

「クハハハ。バカか。俺たちは海賊だぜ。海賊のやることと言ったら、決まっている。奪え、殺せ、犯せだ」

ナヴァロの高笑いと狼たちの遠吠えが、マーティンの絶望の声をかき消す。

うつ伏せで震えている島民たちは、恐怖でただただ助けを祈った。誰か、誰か、助けて。姫様。

「ん？　なんだあの音は」

世界樹の葉を揺らす勢いで笑っていたナヴァロ。奇妙な音に気がついた。

チクタクチクタク　チクタクチクタク

「なんだあ」

27. 破壊王マーゴット

「チャンカワンカ　チャンカワンカ　チャンカワンカ　チャンカワンカ」

どこからともなく、陽気な音楽が聞こえる。

「チャンカワンカ　チャンカワンカ　チャンカワンカ　チャンカワンカ」

「海賊と狼ども、島民とマーティンさんを放しなさい。今放せば、命だけは助けてあげましょう」

澄んだ少女の声が響く。踊り歌う七人の小人に囲まれた、巨大な猫を従えた金髪の乙女。草刈りハサミを持って、燃えるような目で海賊をにらんでいる。

「おいおい、お嬢ちゃん。勇ましいな。いい子だから、子どもは引っ込んでな」

男は笑い、狼たちはうなり声を上げた。

「で、殿下ー、マーティン様ー」

ワウワウワウワウ　コボルトが護衛を抱えて飛んでくる。

「ちっ、増えやがった。犬っころが。な、なんだあ。木が、動いてやがる」

いつの間にか世界樹に集まっているトレントたち。マンドレイクを持ったドライアドもいる。

ブワッ　三つの頭を持つケルベロス。狼たちより大きく膨らんだ。

「撤退だ。領主以外は捨て置け」

マーティンを持ち上げている大男が、大声を上げる。狼たちが崖から海に向かって飛び込んだ。

大男は、マーティンを抱えたまま、崖から飛び降りる。

「逃がしません」

ツァールに乗ったマーゴットが、コボルトたちと飛ぶ。

「船に行け」

大男が狼たちに指示を出す。穏やかな海に、いくつも船が漂っている。

マーゴットは困っている。刈るべきか、刈らざるべきか。マーティンを傷つけずに、あの大男を刈れるだろうか。それは、人を殺すことになるのだけれど。できるのか？

マーゴットはグルグル考える。そうこうしているうちに、狼たちが船に登っていく。狼たちは、次々と人の姿に戻っていった。

「グッ、あっちも人だったか」

狼なら刈れるかもと思ったけれど。人だった。人。

「船だけ刈るってのはどうかな」

マーゴットは自信なくつぶやく。船は木でできている。木だと思えば刈れるだろう。でも、人もバッサリいってしまわないだろうか。うまく手加減できるだろうか。うまいこと、人は生け捕りにしつつ、船だけ解体できないかな。そんな都合のいいこと。

「あ、あったわ。あれだと、船だけってできる気がする」

マーゴットは目をつぶる。チャンカワンカの歌が聞こえてくる。なぜか、島民たちもチャンカワンカと一緒に歌って踊っている。その姿がなぜか、頭に浮かぶ。

「チャンカワンカ　チャンカワンカ　チャンカワンカ」

マーゴットの手に力があふれた。扉の丸い取っ手をつかむ。引き戸。

「開門」

マーゴットは、船だけと命じる。空が暗闇に包まれる。屋敷の方向から、世界樹よりも大きな手が伸びてくる。手は、船をひとつつかむと、引っ込んでいった。

「閉門」

空に光が戻った。マーティンを抱えた男は、口をパクパクする。

「全ての船を破壊してもいい。海賊を全員、飲み込んでもいい。私が全員刈ってもいい」

マーゴットは草刈りハサミを構えた。

チャキンチャキンチャキン
「チャンカワンカ　チャンカワンカ　チャンカワンカ　チャンカワンカ」

男の耳元で、陽気な歌声が響く。

「あなたをチャンカワンカの夢に引きずり込んでもいい。歌って踊って永遠に」

「降参だ。降参する」

男は手を上げた。コボルトたちが、マーティンを持ち上げて飛んでいく。海賊は、次々と投降した。

島民たちは、一心不乱にチャンカワンカと踊り続けた。

＊　＊　＊

船の上から一部始終を目撃したフィリップ。度肝を抜かれて凍りついた。

「なんだ、今のは」

ゆっくりと近づくと、巨大な猫にまたがったマーゴットに声をかけられる。

「お兄様、そんなところで、どうなさったのです」

「そなた。そなたこそ、何をしているのだ。一体全体」

「話せば長くなりますね。屋敷でゆっくりご説明しますわ」

ホホホホホホ　マーゴットはとりあえず笑って、ごまかした。

フィリップは、浮いている海賊たちを回収させた。


屋敷で、気の抜けきっているマーティンを横目に、マーゴットが説明する。ちょいちょいトレントが補足し、ベネディクトが紙束を見せる。フィリップは頭を抱え、長い長いため息を吐いた。

「マーティン、マーゴット。ありがとう。そして、今まですまなかった」

「陛下、頭をお上げください。シーサーペントや魔物がいるから、誰も来られないとたかをくくって、のほほんとしていた私が悪いのです。世界樹の重みを理解できていませんでした」

マーティンとベネディクトが、ガバッと頭を下げている。

「シーサーペント食べてしまいました。ごめんなさい。魔物もたくさん討伐しました」

「魔物は捨て置けという言葉の真の意味を把握できておりませんでした。申し訳ございません」

申し訳ございませんの大応酬。

「皆さん、おいしいパンとケーキとジュースができましたよ。まずは、落ち着いてください」

リタが焼きたてのパンと共に現れた。元王都組が、手際(てぎわ)よくケーキとジュースを並べる。

「リタ殿。リタ殿にも大変失礼をした。許してくれ。そして、あなたのパンを、いくつかもらって帰るわけにはいかないだろうか。その、妻があなたのパンが大好きなのです。その、私も」

「まあ、もちろんですわ。と言いたいところですが。パンは翌日食べるとおいしくありません。硬くなってしまいますもの」

「王国最高の収納スキル持ちに来てもらっている」

フィリップの後ろにいる男が、姿勢を正してキリッと言う。

「収納を空っぽにして参りました。パンをたくさん焼いていただけると、ありがたいです。両陛下とも、リタ様のパンが食べられなくなってから、元気がありません。なにとぞよろしくお願いいたします」

割と無礼なことを言っているが、フィリップは叱(しか)らない。部下との距離感をもっと近づけようと考えを改めたのだ。マーティンとマーゴットの島民からの慕われぶりを目の当(ま)たりにし、自分に足りないものを少しずつ自覚したフィリップ。部下と腹を割って話し合い、理解を深めるつもりだ。

「私は、世の中の一面を見ただけで、なんでも分かっていると思っていた。スキルで人を評価し、優劣をつけ、優秀な者を重用すれば、効率がよくなると。浅はかだった。人はもっと複雑で、いくらでも変われて成長できるというのに。それに、人には理解の及ばない領域があるとも」

「開門と閉門は、もう使いません」

マーゴットは静かに言う。

「あの力は、禁じ手です。人がおいそれと使っていいものではないです。私は、神ではありません。神ならざる身に、あれは過ぎたる力です」

フィリップとマーティンも、マーゴットに同意する。世界樹を守ることでも手一杯なのに、マーゴットの意味不明な力。気軽に使って、目をつけられて、また海賊騒ぎが起こるのはごめんだ。

「私は草刈りが合っています。夏が来るまでに、リゾートを開けたいですね」

「そ、そうですね。あと一か月ぐらいですが。ははは」

マーティンは乾いた笑いをこぼす。まだまだ問題が山積みなのに。一か月って。

「最初の数か月は、王家で貸し切りにしよう。それなら、営業しながら改善できる。幸い、王族は腐るほどいるからな。父上のおかげで」

「不敬って言葉はご法度でお願いします。無礼講で。お兄様から王族の皆さんによくよくお伝えくださいね」

マーゴットはちゃっかり要求を伝える。

「分かった。よーく言い含めておく。郷に入れば郷に従えだな」

王族を実験台に模擬営業をすることが、ここに決まった。マーティンは気が遠くなった。

「ドーラも連れて、また来よう」

「パンがなくなったら、また参ります。なにとぞよろしくお願いいたします」

パンを大量にもらったあと、フィリップたちは海賊を引っ立てて、王都に戻っていった。

28.  仕上げ

マーティンとマーゴットを中心に、島民一丸となった。マーティンはまず、島の安全性向上に取り組んだ。

「あんな恐ろしい思いはもう二度とごめんです。私が不甲斐(ふがい)ないばかりに、島民全員を命の危機にさらしました。大げさすぎるぐらいに、島の守りを強固にしたいのです」

まあ、最終兵器マーゴットがいるから、ぶっちゃけ安全ではあるのだが。最終兵器の最終武器、開閉は、封印し続けたい。それ以外で、できることは全てやりたい。マーティンの願いだ。

例の海賊、厳しく調べ上げられ、とある帝国の依頼で来たことは分かった。だが、証拠がない。証拠がないから、抗議もできない。お互い、そうだと知っている。それで牽制(けんせい)し合うのみ。外交とは、のらりくらり、全てが玉虫色で進むもの。一刀両断、快刀乱麻、白か黒か。そんなにスッキリと分かりやすい世界ではない。そう、フィリップから手紙が来た。

「いつまた帝国が狙(ねら)ってくるか。もしかしたら他(ほか)の国も来るかもしれません。まずは上陸させないこと。上陸してしまったら、居住区に来るまでにかたをつけたい」

「魔物と魔植物を最大限に活用しましょう」

マーゴットはあっさり言う。人手が足りないなら、魔物と魔植物に頼るしかないではないか。

渋々同意してくれたトレントが、眠っていた仲間を起こす。長年寝すぎて、すっかり木と同化しかけていたトレントたち。ケセドと共に各地に散って魔植物や魔物を説得してくれた。

「破壊王が戻られた。協力しろ。おいたを続けると、どうなるか分かっているだろう」

扉が開閉されたことは、皆知っている。それはもう、喜んで協力する。島の安全性は一気に高まった。

「シーサーペントの小さいのがまだたくさんおる。海のことは、海に任せよう」

トレントがそう言うので、海のことはなりゆき任せになった。なるべく敵を上陸させない、上陸してしまったら魔物に時間稼ぎをしてもらいつつ、人間の兵士が居住区の守りを固める。

フィリップが、百名の部隊を派遣してくれた。王国の威信をかけて、ユグドランド島を守ろうと、士気の高い武人たちが訓練に励んでいる。

「ドリアンを使いましょう」

マーゴットが突飛な案を出した。

「鼻の利く(き)コボルトがいます。敵が来たら、ドリアンを投げてもらいます。そうすれば、コボルトがいつまでもどこまでも追い詰めて、ぶちのめします」

「やってやんぜ、姐(ねえ)さん」

「任せておくんなせえ、姐さん」

コボルトたちは大興奮。ところが

「ヒィーン、キュンキュンキュン」

ツァールが取り出したドリアンに、逃げ惑うコボルト。

「ぎゃー、鼻が曲がる」

「おうぇー、鼻がもげる」

ドリアンは封印されることになった。

「もうちょっと、穏やかな匂い(にお)のなにかでお願いしやす、姐さん」

リンゴ、オレンジ、桃、色んな果物で試して、桃が一番追跡しやすいことが分かった。島のあちこちに桃の木が植えられた。トレントとマーティンが協力し、桃の実が絶えずなり続けるように調整している。

ドリアンにやられたコボルトたちだが。ごはんを下から上まで持ち運びする重要な任務を得た。主にちびっ子コボルトが担当をする。翼のあるモフモフのコボルトが、バスケットをくわえて部屋まで飛んで運ぶ。お客様が喜ぶこと、間違いなしだ。王都では体験できない、おもてなし。きっと、心づけが山と渡されるだろう。

もちろん、人もがんばっている。スキル持ちはスキルをせっせと磨いている。もう誰も、ハズレスキルと呼ぶことも呼ばれることもない。神様がちょっと名前のつけ方間違っちゃったんじゃないって受け止めている。

マーティンのことを肩もみスキルとは誰も思っていない。ベネディクトは課題探しスキル持ちと、尊敬のまなざしで見られている。

「自分のスキル名は、自分でつければいいわよ。私は草刈りスキルが気に入ってるから、そのままでいいけれど」

草刈りが天職なマーゴット。なにひとつ卑屈になることはないと、胸を張る。

「私も、洗濯好きですから、洗濯スキルのままでいいです」

洗濯スキルが向上し、誰の湯あみも簡単に終わらせられるようになった。

「私は、新しいスキル名を考え中です。かっこいい名前にします」

ずぶ濡れの人を、一瞬で乾かせるようになった、洗濯物を早く乾かすスキル持ち女性。もっと言いやすい、かっこいい名前を日々考えている。

「はよかわかんか、でどうかしら。チャンカワンカから思いつきました」

皆が噴き出し、ゲラゲラ笑う。

「いいじゃない。わたしもそれ系でいこうかしら」

ダジャレ系、脱力系、意味不明系。様々なスキル名が日々開発され、笑いを誘っている。

29.

最初のお客様

「これから一週間、世話になる」

「よろしくお願いいたします。新婚気分に戻ってのんびりさせていただきます」

最初のお客様は、フィリップ王とドーラ王妃。マーゴット以外は、これが夢であってほしいと思っている。が、残念ながら現実だ。

ドーラ王妃は春の陽(ひ)ざしのように、柔らかく温かい笑顔の持ち主。フィリップ王のピリピリとした威圧感が、ドーラ王妃と一緒だと随分(ずいぶん)穏やかになるようだ。

「お部屋は、建物の三階にあたるぐらいの高さの場所をご希望でしたよね。あちらになりますが、歩いて登られますか？　コボルトが飛んでお運びすることもできますが」

マーゴットが指した部屋の場所を見て、ドーラは少し迷う。

「最近、運動不足ですから。歩いて登ろうかしら。ねえ、あなた」

「そうだな。そうしよう。私が引っ張ってやる」

フィリップが手を引き、ドーラとふたりでらせん階段を歩く。

「一段一段が低いですね。幅も広くて、歩きやすいわ。それに、なにより景色が素晴らしいですわ」

ふたりは足を止めて、海を眺める。

「明日は早起きして、朝日を見よう。絶景らしい」

「フフフ、楽しみですわ」

フィリップはドーラの額（ひたい）の汗を指で拭（ぬぐ）い、手を引いてまた登り始める。ドーラが少し息を切らし始めた頃（ころ）、部屋に着いた。

「まあ、小さな部屋。でも、とってもかわいらしいわ」

部屋の中にあるのは、こぢんまりとしたベッド。屋根から吊（つ）り下げられた二人がけの椅子（いす）。水差しとグラスが置かれた、小さなテーブル。それだけだ。贅沢（ぜいたく）な王宮で暮らしているふたりにとっては、未知の世界。

「本当に、木のうろの中にいるようだ」

フィリップは感心したように、壁や床をじっくり見る。

「外側はツタで覆ってあったが。内側はうっすらと壁紙が貼（は）ってある」

フィリップの指先を、ドーラは近づいてじっくり見つめた。

「まあ、本当。木の継ぎ目が見えないように、継ぎ目の上に壁紙を貼っているのね。私たち、小鳥になったみたい」

ドーラは楽しそうに部屋を一周すると、吊り下げ椅子に座った。ユラユラ揺れる椅子の片側をポンポンと叩（たた）く。フィリップもドーラの隣に座り、肩を抱く。

「公務ではない、ふたりきりの旅なんて。初めてね。夢のようだわ」

「そういわれてみれば、そうだったな。これからは年に一回は旅をしよう」

ドーラは笑い転げた。

「おかしいわ。王太子の頃の方が、時間があったと思うのだけれど」

「まあ、それは。いいではないか。部下にもっと任せることにしたのだ。子どもたちも、しっかりしてきたし」

「そうね」

トントン　窓を叩く音がして、ふたりが顔を向けると、小さなコボルトがパタパタと飛んでいる。

窓を開けると、コボルトはメニューを渡してきた。

「ユグドランド島、特性の果物ジュースをいかがでしょう」

「まあ、素敵」

ドーラはメニューを開き、フィリップと頭を寄せ合って選ぶ。

「私、これにしますわ。マンゴーとハイビスカスのお茶を混ぜたジュースですって。どんな味かしら」

「ビールを」

ほどなくして、コボルトがバスケットを抱えて飛んできた。

オレンジの飾られた、色鮮やかなジュースと、きめ細やかな泡のビール。

「まあ、夕日みたいな色ね。夕日が海を染めていくところ、見てみたいわ」

「朝日が海を染めるのは、明日ここから見られるが。夕日が海を染めるのは、ここでは無理だな。西側の海沿いにもホテルを作ってもらうか」

フィリップの冗談とも本気ともつかない言葉に、ドーラはおっとりと微笑む。ふたりはジュースとビールをじっくり味わう。

「小舟に乗って、釣りをするのでいいか？」

「はい、楽しみです」

ふたりは少し階段を降りて、下の部屋に移動する。大きな荷物は、下の部屋に置いているのだ。

ふたりは別々の部屋に入り、侍従と侍女に動きやすい服に着替えさせてもらった。

がっつりと、護衛やコボルトに見守られながら、ふたりは小舟に乗った。ドーラはワクワクしながら、釣り糸を垂れる。

「釣れませんねえ」

場所を変えようが、餌を変えようが、ひとつも釣れない。フィリップが気まずそうな顔をする。

「もしかしたら、私のせいかもしれぬ。昔から、小動物に怯えられるのだ。イヤな雰囲気が出ているのだと思う。おそらく、魚も私がイヤで逃げているのではないか」

いつも堂々としているフィリップが、少し肩を落とす。

「でも、こうやってのんびり釣り糸を見てるだけでも、楽しいわ」

結局何も釣れないまま時間だけが過ぎていった。

「釣れませんでした」

少しがっかりしているドーラとフィリップ。マーゴットが明るくなぐさめる。

「私も、魚釣りはさっぱりダメです。魚が逃げちゃうのです。でも、小舟に乗るのは楽しいですよね」

「ええ、湖とはまた違う波の動きで、ワクワクしました」

「よかったです。魚は、コボルトたちが獲ってくれますよ。その様子もおもしろいので、ぜひ見てください。あ、でも私とお兄様がここにいると、魚が逃げてしまうので、上の世界樹の近くまで戻りましょう」

ドーラは崖をどこまでも続く階段を見て、げんなりした表情を見せる。

「ここで暮らすと、痩せそうですわね」

「コボルトに運ばせせましょうか？」

「いえ、がんばります。そうすれば、夜ごはんでリタ様のパンをひとつ多く食べられますもの」

ドーラはかわいらしく拳を握ってみせた。ふうふう、ぜいぜい言いながら崖を登り切り、上から海を見下ろす。子犬のコボルトが五匹、海の上をパタパタと飛び回っている。一匹が水面スレスレまで降りた。バシャッと手を水の中に入れる。ビュンッ、魚が跳ね飛ばされる。ドコッ、上にいたコボルトが持っていたカゴで飛んできた魚を受け止める。うまくカゴにおさめたコボルトは、嬉しそうにしっぽをブンブン振った。でも、誰も声を上げない。無言で、バシャッ、ビュンッ、ドコッの工程が繰り返される。

「ふわあー、素晴らしい連携ですわ。熟練の技ですわ」

ドーラは感心しきって、ため息まじりの感嘆の声を上げている。

コボルトたちは、カゴが魚でいっぱいになると、誇らしげに遠吠えを始める。崖の上から見学していた王族と護衛と島民は、惜しみない拍手を送った。

「今日はとても楽しかったわ、あなた」

魚中心の晩ごはんを食べ終わり、部屋に戻ったフィリップとドーラ。吊り椅子の上で、ドーラはフィリップの胸に頭をもたせかける。

フィリップはドーラの髪を優しく撫でる。

「私は色んな間違いを犯した。それをこの島で学んだ。だが、そんな私でも正しい選択をしたと胸を張って言えることがひとつある。君を妻に望んだことだ、ドーラ。愛している」

「まあ、あなた。わたくしも、わたくしも愛しています」

「次、もし私が何か間違ったことをしたら、臆せず諫めてくれないか。ハズレスキル持ちを追いやったとき、何度か言おうとしてやめていただろう」

「私はあなたのように頭がよくありませんから。自信がなかったのです。でも、これからは、疑問に思ったら質問しますね」

「ああ、そうしてくれ。必ずドーラが納得するまで答えて、必要なら政策を見直す。どうか、私を止めてほしい」

「はい、そうします」

ドーラは真面目な声で答え、フィリップは少し肩の力を抜いた。夜がふけるまで、ふたりは色んなことを語り合った。

翌朝、フィリップは営業許可証に国王直々、流れるような達筆で署名した。フィリップはマーティンと握手を交わす。マーティンは、マーゴットに促され、執務室の窓を開け、営業許可証を高々と掲げる。ソワソワして屋敷の外で待っていた島民たちが、ワッと大歓声を上げた。

マーゴットとフィリップは、今まで疎遠だったのを埋めるように、散歩しながら話をするようになった。楽天的でのほほんとしているマーゴット。神経質でいつも気を張っているフィリップ。正反対のようなふたりだが。膠着(こうちゃく)した状態を、バッサバッサ切っていく剛腕さはそっくりだ。やはり血は争えないのかもしれない。

「ドーラ様は、今母さんとパンを作ってます。お兄様においしいパンを食べてもらいたいって、張り切ってらっしゃいました」

「マーゴット。それ、多分ドーラは私に秘密のつもりだぞ。言わないでやってくれ」

「あっ、しまった」

マーゴットは頭を抱え、フィリップは苦笑する。

「もっと早く、そなたと話をすればよかった。そうすれば、頭でっかちが直っていたかもしれぬ。色んな人を傷つけ、遠回りしてしまった」

「大丈夫です、お兄様。失敗しても、やり直せばいいのです。草は刈りすぎてもすぐ生えてきます。人も、意外と強いですよ。スキルだけでなく、本人の資質も見た上で、再雇用、配置の見直しなどされてるのでしょう？」

「そうだな。なんとか間に合った。まだ完全には見捨てられていなかったというところだが。部下と腹を割って話して、素直に力を貸してくれと言ったことが功を奏したようだ。張り切って、一人ひとりが今まで以上の力を発揮してくれている」

フィリップは少し笑顔を見せた。滅多に表情を変えないフィリップ。笑うと少し幼く、かわいくなる。それを言うと、「私はもう四十歳だぞ」と憮然とするので、内緒だ。

「お兄様は、ドーラさんや私以外にも、そうやって素の姿を見せると、もっといいと思います」

マーゴットはそれだけ言っておいた。

「難しいが、努めてみる。こちらから腹の中を見せれば見せるほど、相手も心をさらけ出してくれるものだと、最近よく分かった。私にはなかなか難儀なのだが」

「王は虚勢を張ってなんぼですものね。ある程度は仕方ないでしょうけれど。お兄様も、ドーラ様とパン作りを習うのはどうですか？　王都に戻って母さんとパンを作れば、お兄様の信奉者が増えるに違いありませんわ」

フィリップがマーゴットの頭をポンッと叩き、マーゴットがフィリップの脇腹をくすぐった。

ふたりの笑い声が、波に溶けて行った。

＊　＊　＊

マーゴットがチャンカワンカからもらった素敵アイテム、水を浄化する杯。きちんと活用している。使い道を侃々諤々、議論したのだ。マーティンはもちろん、島民一同、チャンカワンカまで、活発な意見を出した。いつも通り、ベネディクトが議論のかじ取りをする。

「まずは、試してみましょう」

井戸から汲んできた水。普通のグラスと杯で飲み比べてみる。一目瞭然、いや、一口瞭然。違いは明らかだ。塩気がまったくなくなり、まろやかな味わいになっている。

「杯に入れた水を、普通のグラスに入れたらどうなるか、やってみますか」

少しずつ、皆で飲む。

「あ、大丈夫なんだ。すごいね。これで使い道がグッと増える」

「例えば、大きな水がめをふたつ用意して、ひとつは井戸水、もうひとつは空っぽにしてさ。杯でひたすら汲んで空の水がめに入れればよくない」

「め、めんどくさ」

「でも、これでお客様にもおいしい水をお出しできるわ」

「こういうの、どうかしら」

マーゴットが杯をボチャンッと井戸水が入った水がめに落とした。

「杯に入ってる水ってことにならないかしらね」

「た、確かに。飲んでみましょう」

杯入り水がめから普通のグラスで水を飲む。

「うそー、効いてるー」

「やったー、水の入れ替えしなくていいってことじゃなーい」

「よかったー。これぞ賽の河原ーって思ってたよー。ちょっと意味違うけど」

皆が大興奮でマーゴットを称える。

「ということは、ですよ。だったら、水源の湖とか川の上流に杯入れちゃえば、もっと手っ取り早いですよね」

「大胆な案ですが、できそうな、気がします」

ベネディクトが考えながら顔を輝かす。

まずは、近場の川で試してみることになった。杯が流されないように、しっかり袋に入れ、長いヒモをつけ、川に入れる。しばらくすると、中流と下流にいた人たちがぞろぞろグラスを持って歩いてくる。口々に叫び、小走りだ。

「効いた、まじで、めちゃウマ」

「しばらくは、いつもの塩味だったけど、ちょっとしてからおいしくなった」

「すごい、この水使ったら、小麦ができるんじゃないか」

「ユグドランド島産の小麦でリタ様が焼いたパン。最高か」

わーいわーいわーい。大感激の島民は、チャンカワンカたちをよってたかって、胴上げする。ポーンッと投げ上げられ、フワッと受け止められるチャンカワンカたち。最初は固まっていたが、徐々に満面の笑みで投げられるようになった。

最終的に、杯は水源の湖に入れられることになった。湖がいくつかの川につながっているので、最も効果が高いであろうと。ベネディクトが地図をにらみながら最終結論をくだした。

島民たちから大感謝され、胴上げされ、チャンカワンカたちはとてもご機嫌。ずっと小声でチャンカワンカと歌いながら、小刻みに揺れている。

「もっと、褒められたい」「もっと、胴上げされたい」「もっと、感謝されたい」「もっと、いいとこ見せてみたい」『もっと、見せたい我らの力』

チャンカワンカ、どこからともなく、鉱石を持ってきた。やや目をそらし気味に、鉱石の説明をするチャンカワンカたち。

「一説によると、杯の材料になったと言われており」

「水を浄化する筒を作ってみようかなと」

「そうすれば、雨が降らなくて水不足になっても」

「海の水を浄化して、畑に水やりができるかも」

わっしょいわっしょいわっしょい。まだ出来上がってもいないけど。興奮した島民が、チャンカワンカたちを胴上げする。胴上げを、最高の娯楽と思っていそうなチャンカワンカたち。子どものように笑っている。

そんな技術、出しちゃっていいんですかねえ。島民たちは、ちょっとした疑問はそっと呑み込んだ。チャンカワンカたちの鍛冶技術を食い入るように見つめる。

トンカントンカン　バチバチバチバチ　巧みな技で、長ーい筒が出来上がる。なんと、ちょっと柔軟性があり、曲がる。えぇー、どういうことー。曲がるー。初めて目にする、不思議な筒に、島民たちの熱気は最高潮に高まった。

「この長ーい筒をですね」

「海の中に直接入れると、海の水が真水になって、魚がえらいことになるかもしれないので」

ああ、確かに。え、そんな？　そこまでの効き目？　疑問に思いながらも続きを待つ人たち。

「海の水を、水路を使って島の内部に引きます。ため池にしてもいいかもしれない」

「そこに長ーい筒を入れて、畑用の用水路に水を入れればいいのではないか」

なんか、いけそうじゃない。そんな明るい気持ちが島民を包み込む。チャンカワンカはせっせと長い筒を量産し、島民は水路やため池を作る。島民たちは、毎日チャンカワンカたちを胴上げするのが日課になった。こんなすごい技術を垂れ流しにしてくれるのだもの。毎日の胴上げぐらい、なんてことはない。


チャンカワンカ、何百年も地下神殿で眠っていた。褒められ慣れていないので、嬉しくて仕方がない。承認欲求のかたまりみたいになっている。島民たちは大人なので、自分より数百歳以上年上であろうチャンカワンカを、毎日褒め称えている。

31 四人の妻たち

覇王フィリップと妻ドーラが一週間の滞在を終え、王都に帰った。しかし、島民に気を抜く暇はない。次は、前王マクシミリアンの四人の妻たちがやってくるのだ。マクシミリアン抜き、四人の妻のみ。

博愛王と呼ばれたマクシミリアン。妻は二十人ぐらいいる。いや、いたというべきか。家臣に下賜されたり、実家に帰ったり、リタのように働いていたり。今、王宮に残っているのは四人だけらしい。

二十人の妻たちの間で勝ち残っている四人。イヤな予感しかしない布陣である。さぞかし癖（くせ）の強いご一行であろう。

「四人でいらっしゃるんですね。意外です。皆さん、仲が悪いと思っていました」

「皆様、派閥の長でしたよね。バチバチに争っていらっしゃったようでしたのに」

「一人ひとりは素敵でお優しいのよ。でも、『混ぜるな危険』なのよ。同じ空間にいると、空気がピーンッて張りつめて。あ、耳がキーンッてなるって感じでしたわあ」

「分かる。一触即発ってこういうことかあ、って思った」

「なぜ、この四人なのですか、マーゴット様」

王都組がマーゴットを一斉に見つめる。

「私、この方たちにとてもかわいがっていただいたの。それぞれ、こっそりと、私を気にかけてくださっていてね。追放されるときも、なんとかするからって、引き留めてくださったのよね」

「意外です。派閥以外の女性には、目もくれない感じかと思っていました」

「それが、そうでもないのよ。皆さん、ひそやかに、ひめやかに、目をかけてくださってるのよ。大っぴらには動かないですけどね。ドーラ様からも、こっそり謝られたし」

「王族って、色々大変ですね」

「なんだか、めんどくせーですね」

島民たちは、聞いているだけで、気疲れする。

「別々にご招待したのよ。派閥でいらしてくださいって。ところが、なぜか四人でいらっしゃることになって。私も驚いているの」

マーゴットが大きな目をさらに大きく見開く。島民たちは、ゴクリと唾をのんだ。

「まさか、ここで頂上決戦をするつもりなんじゃ」

「王都から目の届かないところで、血みどろの女の戦い」

「野良猫のケンカみたいな」

「いや、王族だからね」

「仁義なき戦い」

「荒野の決闘」

「王族だから、ののしり合うだけじゃないかな。さすがにつかみ合ったりはしないよな」

なんだか皆の顔が期待に満ちて輝き始めた。

「ちょっと、楽しみかも。上品だけど、切れ味鋭い嫌味の応酬とか。見たいかも」

「窓枠を指でスーッてやられて、ホコリのついた指をフッと吹かれたり」

「それ、ただのイヤな姑。ていうか、ホコリなんか残しませんからね」

「腕相撲とかで勝負つけてほしいなー」

「いや、やっぱ酒の飲み比べじゃね」

「いいね」

「それだ」

何が、それかは分からないが。とにかく、島民は何か、とんでもないものが見られるとワクワクが止まらない。

期待に胸をとどろかせた島民たちであったが。四人の妻たち、とても穏やかで平和だった。夫を巡っての血みどろ、ドロドロ、泥沼骨肉の争いを見られるかもしれない。ひそかに期待していた野次馬根性たくましい面々は、肩すかしをくらわされた感じだ。

皆からの暗黙の懇願を察知し、マーゴットが前面に出ておもてなしをする。王族には王族をだ。

「ようこそいらっしゃいました。アリステア様、ベティ様、カルラ様、デボラ様」

「マーゴット、あいかわらず元気そうね」

「あいかわらず、かわいいわ」

「あいかわらず、強そうだわ」

「あいかわらず。それが一番よ」

「はい、おかげさまで。のびのびと暮らしております」

四人はマーゴットを囲んで、穏やかに微笑む。四人とも、五十代後半だが、まだ溌剌として元気いっぱい。王都から離れ、リゾートを満喫しようとワクワクしているようだ。

「かんぱーい」

世界樹について真っ先にしたことが乾杯だ。

「荷物はお任せするわ」

「部屋はあとでゆっくり見させてもらうわ」

「酔っぱらってちゃんと見れないかもしれないけれど」

「大丈夫。明日起きてから見ればいいのよ」

もう晩年の年のはずなのに、勢いのある王族女性たち。島民たちは恐れをなして、近寄らない。

自然、マーゴットが引き続き相手をすることになる。

「やっとお役目からはずれましたから。これからは好きなことをさせてもらおうと思っていますの」

晴れ晴れとした顔のアリステア。二杯目のビールに口をつける。

「辛く、苦しく、長い戦いでしたわ。本当に。皆様、私たちよくがんばりましたわよね」

「かんぱーい」

「もう本当に、あの人ったら。捨て猫拾ってくるみたいな感覚で、次から次へと」

アリステアがため息交じりに言うと、残りの三人が頭を下げる。

「拾って、助けていただきました。マクシミリアン様とアリステア様には、お返しきれないご恩がございます」

「私、皆さんは仲が悪いのだと思っていました」

マーゴットはうっかり思ったことをそのまま口に出してしまい、慌(あわ)てた。四人は気にするでもなく、いたずらっぽく目を合わせ笑い合う。

「そう見せていたのよ。その方が、マクシミリアンの評判が高まるから」

「彼のしていることって、結局はハーレム作りでしたでしょう。殿方の憧(あこが)れなのよね、ハーレム」

「とっかえひっかえ、一夜ごとに別の女を。権力とお金がないとできない、お遊び」

「でもね、ハーレムなんて決していいものではないのよ。あんなものは、憧れのまま夢のままがいいの」

「だって、ドロドロですもの」

「やっぱり」

そうだろうなーと思ってはいたが、当事者にそう言われて、マーゴットは身を乗り出す。

「マクシミリアンが若いときは大変だったわ。彼の寵愛(ちょうあい)を巡って、熾烈(しれつ)な駆け引き。足の引っ張り合い、嫉妬(しっと)、陰口、面と向かっての大喧嘩(おおげんか)。色々あったわ」

アリステアが遠い目をし、三人がそっと目がしらを拭(ふ)く。そんなにか。マーゴットは引いた。母はそういうゴタゴタが性に合わないから、ずっと料理人として働き続けていたらしい。

「マクシミリアンの愛を独り占めしようというのが、そもそもの間違いなの。彼の愛は、広く浅く薄く。どこまでも。王国中に広がっていくのよ」

「たまたま目についた気の毒な人を救い上げるのよね、彼は。私もその口でしたわ」

二番目の妃、ベティが両手を顔の横で広げる。

「私は婚約者を妹に取られたの。その上、私が悪女だからってことにされて。絶望していたところを、マクシミリアン様に救っていただいたのよ。王太子が私を望んだため、私の婚約が解消されたってことになったの。九死に一生を得るとはこのことか、そう思いましたわ」

いつも凛とした、淑女の中の淑女と尊敬されているベティ。そんな歴史があったのかと、マーゴットは胸が痛くなった。

「私も似たようなものですわ。私、見た目があんまりでしたので、婚約話がなかったのです。このままだと修道院行きかしらと半ば諦めかけていたときに」

「マクシミリアンは鼻が利くのよ。不幸な女性がいると、居ても立っても居られないの」

アリステアがデボラの手を軽く叩く。

「私は真逆ね。結婚したくなかったの。とにかく研究に時間を費やしたかったから。婚約を円満に解消できる方法を探していたのね。そしたら、マクシミリアン様が拾ってくれたのよ」

カルラが眉を上げて笑顔で言う。

「だからね、マクシミリアン様とアリステア様には幸せになっていただきたいのよ。マクシミリアン様は好きでなさっていることだとしても。アリステア様にとっては、冥府にいるみたいなものじゃない」

「やっぱり、そうでしたか」

そうじゃないといいな、と思っていたマーゴットであったが。チラッと浮かんだアリステアの苦悩の表情に、またしても胸が絞めつけられる気持ちになった。

「何が普通かを定義するのは難しいところですが。夫を他(ほか)の女性と分け合いたい、そう思う女性は、普通はいないと思います」

女性たちが全員暗い顔になった。アリステアはグイーッとグラスを空ける。

「もう一杯、ビールをいただこうかしら」

「私も」

四つのグラスが空いた。

「あの、新しいお酒もあるのですが。お試しになりませんか？」

マーゴットはさっとお世話猫からメニューを受け取ると、四人に渡す。

「まあ、こんなメニュー、初めて見るわ」

「飲み物の名前と、何が入っているか、そして絵が描かれているのね。絵があると、どんな味わいか想像しやすくていいわ」

四人は真剣にメニューを眺める。

「私はメロンとラムとその他色々、にします。その他色々が一体何なのか、気になりますけれど」

アリステアが悩みに悩んだ上で、決めた。みんなでお酒の名前を決めるの、大変だったわ。マーゴットは思い出す。全部書く場所はないし、でも嘘はつきたくないし。苦肉の策の名前だ。

「では、桃と白ワインとあれこれ、でお願いします」待ってましたと言わんばかりに、ベティが注文する。

「このフェイジョア酒というのが気になるわね。初めて聞くわ」カルラが目を輝かせる。

「バナナとラムとクリーム系のなにか、がいいかしら」最後にデボラが頼む。

「チャンカワンカ　チャンカワンカ　チャンカワンカ　チャンカワンカ」

チャンカワンカたちが満面の笑みで、歌い踊りながらやってきた。手に持った銀の容器を、踊りながら陽気にシャカシャカする。呆気に取られていたほろ酔いの女性たち。思わずプッと噴き出す。

「まあ、フィリップからおもしろいのがいるとは聞いていましたけれど」

「おもしろすぎますわ」

「今までの悩みが、スーッと消えていくような」

「来てよかったですわ」

チャンカワンカは得意満面にグラスにお酒を注いだ。お世話猫が仕上げの花飾りをつける。

「お世話猫といい、チャンカワンカといい。それにコボルトまで。かわいいがあふれているわね」

おっさんドワーフのチャンカワンカ。かわいい枠に入れてもらえて、ご満悦だ。

「甘くておいしーい」

女性たちは、グイグイ飲む。

「あ、あの。飲みやすくてゴクゴクいけてしまうと思いますが。強いお酒が入ってますから、気を

つけてください」

「はーい」

ほろ酔いから本格酔いに移行した四人の尊き貴婦人。まだ昼間なのに。

「そういえば、皆さんはどうして仲が悪いフリをされていたのですか？」

話が途中だったと思い出したマーゴット。カルラがお代わりを頼みながら説明してくれる。

「理由はいくつかあるけど。一番はマクシミリアン様のためよ。ハーレム作ってたくさん女を侍らせて。見てる方はいい気がしないじゃない。後宮が四派閥に分かれて、ギスギスしている風にしたの」

「そうすると、それを取りまとめるマクシミリアン様に同情の目が集まるでしょう」

「派閥に分かれていると、統率が取りやすいですしね。アリステア様が全員をまとめるのは難しいですもの」

「だから、私たち四人は仲が悪くて、それぞれ派閥の長をやっているって。そう振舞ったのよ」

「それは、とても大変そうです」

マーゴットは、自分にはとてもできないなと、ゾッとする。バチバチギラギラしたご令嬢たちを手なずけ、手綱を握る。熟練した手腕が必要に違いない。小娘にはできない。

「大変でしたわ。でも、もうお役ご免なのです。マクシミリアンが王位から退きましたから。私たちも引退です」

「フィリップ陛下が王族の削減を始められたでしょう。これ幸いと、まだ若い女性たちはやめてもらったのよ」

「それなりにいい殿方に下賜されたわよね。マクシミリアン様を多数で取り合うよりは、よほどいいと思うわ」

「これからは、四人で旅行を楽しもうと思うの。私たち、戦友みたいなものですから」

アリステアの言葉に、三人が目を潤ませる。

「楽しみましょうね。では、次はトマトとビールにするわ」

「王都から離れて、なんの気兼ねもなく、暴露話ができるって最高だわ」

ガンガン飲む四人。しばらくして、うつらうつら眠り始めた。

「お部屋にお運びしてくださる」

マーゴットが小声でコボルトに頼む。女のコボルトたちが、そっと優しく抱き上げ、部屋に運んでいく。

コボルトがいてよかった。いなかったら大変なことになっていた。ホッと胸をなでおろすマーゴット。

のちほど、コボルトたちからこっそりと王族こぼれ話を漏れ聞いた人々は、ひっそりと喜びを分かち合う。

「お、おもしろい。そんな裏事情があったなんて」

「もっと聞きたい」

「みんな、分かってると思うけど、ウワサ話はこの部屋でだけよ。外では厳禁よ」

「はーい。情報が漏れるホテルなんて、誰も泊まってくれないもんね」

「この部屋でだけ、思い切り楽しみましょう」

新しい娯楽を得た島民たち。ますます結束が強まったのであった。

32. スキルの研究

翌朝、起きてコボルトに運ばれて地上に降り立った四人。それはもう、ひどいありさまだった。

「自分の息がお酒臭いですわ」

「頭が痛いですわ」

「胸がムカムカしますわ」

「今日は何もできる気がいたしませんわ」

二日酔いとはこうですよ。見本のような四人の王族。遠慮がちにマーティンが近づく。

「もしよろしければ、握手させていただけませんか。きっとマシになると思います」

椅子(いす)に座ってグッタリしている女性たちの手を、マーティンが軽く握る。

「まあ」

「まあまあまあ」

「治りましたわ」

「お腹(なか)が空きましたわ」

死んだ魚のようだったのに、急に蘇(よみがえ)った四人。おいしそうに朝ごはんを食べる。

「オレンジジュースがおいしいわ」

「久しぶりのリタさんのパン」

「朝から焼き魚はどうなのって思ったけれど。意外といけますわね」

「私はトマトが好きです」

ひとしきり食べて飲んで、満足した四人。マーゴットがふたりの女性を紹介する。

「ふたりは洗濯スキルと乾燥スキルを持っています。湯あみの代わりにぜひいかがでしょう」

「ああ、フィリップが話していたわ。湯あみしなくても、すぐサッパリするって。では、お願いしようかしら」

「気持ち悪いのは治りましたけど、体がまだ、お酒臭い気がしますし」

女性たちを、海に面して建てられている天幕に案内する。

「私が見本になりますね」

マーゴットが言い、両手を広げて立つ。まずは乾燥スキル持ちが、水桶（みずおけ）から大きな水の玉をフワフワと持ち上げる。

「行きます」

バッシャン　マーゴットに水の玉がぶつかった。

「まあ、豪快だこと」

「なかなか、大胆ね。見本を見ていなかったら、叫んだかもしれないわ」

乾燥スキル持ちがマーゴットの前に立つ。両手をウネウネし、温かい風でマーゴットを包み込む。

マーゴットの髪やスカートが揺れた。

「こちらは、予想通りでしたわ」

「そうね、これは気持ちよさそうですわ」

マーゴットがピカピカのマーゴットになったあと。四人もツヤツヤの四人になった。

「今日はいかがなさいますか？　舟釣りのあと魚を焼いてもいいですし。ドライアドのハンモックでゆったりするのもオススメです。コロンボに乗って空の散歩なども目新しいかと」

「滞在中に、全て体験したいですわ」

「今日は、舟に乗って海をゆらゆらしたいですわ」

「では、そういたしましょうよ」

ベティの案が採用された。

「私はチャンカワンカと乗るわね」アリステアはふたりのチャンカワンカに手を取られ、舟に乗り込んだ。

「コボルトでお願いしますわ」大人とちびっ子コボルトに囲まれご満悦のベティ。

「マーゴットとお世話猫、よろしくね」お世話猫がまずカルラを乗せ、その後マーゴットが乗った。

「では、私はトレントで」驚くトレントを半ば強引(ごういん)に小舟に連れ込むデボラ。

チャポチャポと優雅な舟遊びが始まった。

「海の水が透き通って、きれいだこと」

「小魚がたくさん見えますわ」

「泳いでみたくなりますわね」

「私、泳げませんわ」

デボラが悲しそうにうつむく。

「浅瀬で座って遊ぶだけでも楽しいですわよ」

「はしたなくないかしら。何を着ればいいのかしら」

「この辺りには、殿方は近づかせませんから、大丈夫ですわ。寝巻きのような服で泳げばいいと思いますの。ご用意できますわよ」

マーゴットの言葉に、デボラは乗り気になる。しばらく小舟を満喫してから、浅瀬で水につかることになった。

「楽しいですわ。長生きするものですわね」

「窮屈な王宮には、もう戻りたくありませんわ」

「ずっとここで暮らしたいぐらいですわ」

「とてもいい考えですわ」

四人は浅瀬で仰向けになり、打ち寄せる波を楽しむ。

「ぜひ、いつまでもいらしてくださいな」

マーゴットは心から言った。長年、殺伐とした後宮を取りまとめていたのだ。これぐらいのご褒美があってもいいではないか。貴族女性は、お茶会ぐらいしかしない、浮世離れした存在と思っていたけれど。見えないところで色々あるんだな。それが分かって、うがった見方をしていた自分を反省したマーゴットである。

四人は本気で長く滞在することを考え始めた。カルラが高らかに宣言する。

「私、ここにしばらく滞在することにしますわ。ちょうど、スキルの研究をしたいと思っていましたの。マーティンさんに、ベネディクトさん。おもしろい事例がたくさんあるでしょう。研究のし甲斐がありそうなのよね」

「カルラはこうなると止まらないから。適当に聞き流すのよ」

アリステアがやれやれと言った感じでマーゴットにささやく。カルラは気にせず、身振り手振りをし、水を跳ね返しながら話す。

「スキルは神からの祝福であり試練なのでは。そう思うようになってきたのよ」

「試練ですか？」

「例えば、ベネディクト。あら探しスキルと言われたことで、人生が激変したわね。順風満帆から、あざけりの対象に、そしてユグドランド島で復活。今では課題探しスキルと言われている。興味深いわ」

「ああ、そうですね。言い方ひとつで、前向きにも後ろ向きにもとらえられるんだなって、驚きましたわ」

カルラが、そうそう、そうなのよと手を振り回す。

「片や覇王フィリップ。苦労しらず負けなしで王の地位まで駆け抜けた。そこで、初めて壁にぶち当たる。負け知らず、挫折知らずだから、陥った苦境とも言えるわ。でも、彼もそこで負けずに、復活。彼は、いい王になるわ」

「そういう見方もありますね」

確かに、兄は変わったな、マーゴットは思う。昔はピリピリ張りつめて、そばによりたくないって感じだったけれど。今は肩の力が抜けて、近寄りがたさが減った。

「スキルにとらわれすぎずに、生きていければいいのに。でもあるんだもの、仕方ないわよね。ある以上は気になってしまうし。スキルのない国もあるのよ。神は不思議なことをされるわ」

「スキルのない国があるんですか？　どうやってお仕事を決めているのかしら？」

「親の仕事を継いだり、本人の資質、やりたいことなんかから決めるみたいよ」

「まあ、想像もつかないですわ」

マーゴットは目をパチパチさせる。

「そういう国の情報も集めた上で、スキルとのつき合い方、とらえ方を少しずつ変えたいの。スキルが全てではなく、うまく活用するぐらいの感覚になればいいんじゃないかしら」

「国のあり方が根本から変わりそうな気がしますけれど。難しくありませんか？」

「もちろん難しいわよ。変えるべきところと、維持すべきところを見極めるのが、そもそも難題だもの。でも、もし変えるべきことが見つかったら、やるしかないわ」

カルラは力強く言う。

「私たちが変えなければ。子ども世代のために。それが大人の役目でしょう。特に地位の高い者は、責任が伴うのよ。悪しき習慣はやめ、改善しなければ。なにも慣習にとらわれ続ける必要はないわ」

「カルラのスキルは、探求から変革に変わっているのかもしれないわね」

アリステアが微笑みながらカルラを見る。

「どうかしら。スキルが変わるのかも調べないと。今までは研究に没頭することが難しかったけれど。これからは、思う存分、研究するわ」

「派閥の長なんてやっていると、時間がないですものね。目を離すととんでもないことをする、はねっかえりもいましたし」

ベティが遠い目をする。

「もう、小娘ちゃんたちの後始末をしなくてすむんだわ。私もこれからは、好きなことをしましょう。例えば、そうね。昼間っから飲んだくれるとか」

フフフと笑うベティにつられ、三人もその気になったようだ。波打ち際から立ち上がって、タオルで体を覆う。その後、また昼間から飲んだくれる四人を、島民は温かく見守った。

王都から離れて、自由を謳歌している四人。ところが、予期せぬ賓客が、来ちゃったー。捨てられた子犬みたいに哀れな表情のマクシミリアン前国王。

どうなっちゃうのー。波乱の予感に、島民はドキドキとハラハラが止まらない。

33. 博愛王マクシミリアンの反省

かわいそうな女性を見るとホッとする。誰にも言えない、マクシミリアンの秘密。

第一王子のスキルが博愛と鑑定された。マクシミリアンが、王になることが確定された瞬間だった。弟の、第二王子の方が王に向いていると思っていた。一年後、第二王子のスキルが補佐とでたとき、マクシミリアンが王太子となることが発表された。もう、後戻りはできない。

自分より、はるかに優秀な弟が、補佐につく。重圧がのしかかる。だから、かわいそうな女性を見つけると、ああ、仕事ができた、そう思える。やるべきことがある間は、考えずにすむ。ひたすら、助けていればいい。さすが、博愛スキル持ちと称えられる。なぜ、一番に産まれたのか、なぜ博愛スキルなのか、そう悩まなくてすむ。

誰にも話せない、誰にも見せられない、マクシミリアンの闇。そんなもの、他の人に見せたら、その人が困るではないか。マクシミリアンは、他の人にそんな重荷を負わせたくない。だから、いつも探している、血眼で。

残念なことに、婚約者のアリステアはかわいそうな子ではなかった。ひとりでも立っていられる、強い公爵令嬢。足りないところが多いマクシミリアンを、陰になり日向になり、支えてくれる。よくできる、できすぎる婚約者。

夜会で呆然と立ちすくむベティを見たのは十五歳ぐらいのときだった。ベティの視線の先には、見目麗しい似合いの男女。だが、男は確か、ベティの婚約者だったはず。そして、女はベティの妹では。マクシミリアンは、ピンと来た。欲しがり屋の妹に婚約者を奪われたベティという構図が。

気をつけてあたりの声に耳を澄ましてみれば、ほら、そここで小鳥がさえずっている。

「まあ、ご覧になって。ベティ様のあの顔」

「やはり、ウワサは本当だったのですね。婚約者がベティ様の妹に心変わりされたとか」

「よくある話ですわ。そういうの、聞き飽きましてよ」

「いつもの流れですと、ベティ様に悪評が流れるのですわよね」

「よくある手ですわ。取った方が、被害者ぶるのですわ。醜いですわ。卑怯ですわ」

「おいたわしや、ベティ様」

なんと、ドロドロしたことか。マクシミリアンはほの暗く、笑う。ああ、助けるべき被害者がそこに。私に助けられてくれ、そして、私を助けてくれ。

ベティは差し伸べるマクシミリアンの手を、あっさり取る。拍子抜けするぐらい、簡単に。


カルラとは、図書館で出会った。分厚いメガネをかけ、一切のおくれ毛を許すまじという強い意志を感じるひっつめ髪。若い女性の良さを全て消し去る所業。でも、その潔さが、マクシミリアンにはまぶしかった。自信のなさを、王太子という地位と博愛スキルで覆い隠しているのだから。

「いつも図書館にいるけど。何を読んでいるんだい？」

新しい本を取りに本棚に向かったカルラに、そっと声をかけた。カルラはパッと振り返り、ジロジロと眺め、ああ、と小さく漏らす。ああ、あの、おひとよしの、と聞こえた気がするが、気のせいだろう。

「今は、世界の宗教について調べています。色んな信仰があって、興味深いんです。ご存じですか、遠くの国ではスキルがないんですって。不思議ですね。スキルってなんなのか」

カルラはひとしきり早口で宗教やスキルについての考察を述べたあと、「では、私はこれで」と言って、本を抱えて出て行った。

頭がよく、やりたいことが明確な女性。マクシミリアンが助けるスキはなさそうだ。彼女と話すのは楽しかったのだが。そう思っていたが、あるときカルラのひっつめ髪がほつれていた。いつもピッタリギチギチなのに。

「カルラ、何かあった？」

カルラはマクシミリアンを不思議な目で見る。

「婚約者を見つけないと、もう本を買ってやらないって父に言われたの。私、結婚なんてしたくないのに。ずっと本を読んで、研究だけをしていたい。妻も母も、私にはむいていない」

見つけた、カルラの弱み。マクシミリアンの口角が、知らず知らず上がっていく。

「では、私の第三夫人になればいい。肩書きだけで、妻の役割は何も求めない。どうだい」

「よろしくお願いします」

カルラは迷いなくマクシミリアンの手を取った。ベティとの間には子どもはできなかったが。カルラは男児を生んだ。カルラは意外にも、いい母親だと思う。

「乳母と家庭教師たちの言うことをちゃんと聞くのですよ。母にはやることがたくさんあるの。いい子にしていたら、たまに本を読んであげます」

そんな風に、偉そうに息子に言い、育児は乳母に丸投げだったが。息子には、かあさま、かあさまと慕われていた。適度な距離感が、息子には合っていたのかもしれない。

「フィリップを支えるのですよ。彼はなかなか厄介なスキルを持っていますからね」

そう、懇々と伝えていた。覇王スキルを厄介なスキルと言ってのけるのは、カルラぐらいだろう。

カルラの息子は、下書きスキル。カルラはカラカラと笑った。

「いいじゃない、最高だわ。どこでも職にあぶれることはないわね」

王子だから、職に就く必要もないのだが。カルラが喜び、息子が誇らしそうなら、いいではないか。

第四夫人のデボラ。出会ったとき、見るからに困っていた。明らかにかわいそうな子だった。自信がなく、オドオドキョドキョドした態度。あか抜けない化粧や髪型。古臭い衣装。壁の花とはこのことか、と誰もが納得する張りつきっぷり。壁からは離れません。誰の視線にも入りたくありません。そんな感情があふれ出ていた。おもしろくて、しばらく眺めていた。

誰にもバカにされたくない。でも、誰かに愛されたい。彼女の心が手に取るように分かる。かわいそうなかわいそうな、私のデボラ。

デボラがマクシミリアンの第四夫人におさまったとき、さすがに批判の声が上がった。申し分ない完璧な王太子妃アリステア。淑女らしくアリステアを補佐するベティ。アリステアとベティをはるかに凌駕（りょうが）する頭脳を持つカルラ。なぜ、なぜなんのとりえもないデボラ？　見た目も家柄も頭も、特筆すべきところはない。野原の花の方が見どころがあるぐらいだ。

「マクシミリアン殿下の博愛スキル、すさまじいな」

「殿下が気の毒になってきた」

「捨て猫はなんでも拾ってくる、困った殿下」

困った殿下。そう言われて、肩の荷が少し下りた。困った殿下でも、人々は受け入れてくれるようだ。そして、デボラは娘を産んでからオドオドすることがなくなった。

「結婚して娘を産んで。これで、私は役割を果たしました。女は産む道具と言われて育てられましたから」

不憫（ふびん）なデボラはそんなことを言う。人は道具ではない。しかし、このスキル偏重の世の中では、誰もが道具に成り下がっている。残念ながら、マクシミリアンには世界を変える力はない。ただ、傷ついた人を助けるだけ。女性だけではなく、男性もなるべく救いあげる。女性なら、妻にしてしまえば簡単に保護できるのだが。男性はそうもいかない。なんらかの仕事を与えられるような、斡旋（あっせん）機関を作った。平民でも学問が学べるよう、教室も増やした。

必死になって、何かに追い立てられるように、救いの手を方々に伸ばしてきた。

正妃のアリステアと第一子のフィリップにはほとんど目をかけることもなく。

正道スキル持ちのアリステア。覇王スキル持ちのフィリップ。マクシミリアンが助ける必要はなさそう、ふたりは大丈夫。そう思っていたのだが。

34. そして誰もいなくなった

ある日、目覚めたマクシミリアン。離宮にひとりぼっちと気づいた。もちろん身の回りの世話をする者たちはいるが。妻が、ひとりも、いない。

「どうしたことだ、これは。なぜ、誰もいない？　アリステアはどこだ？」

「アリステア様は、ベティ様、カルラ様、デボラ様とユグドランド島に行かれました」

「なぜ、私に黙って」

「アリステア様は、何度か陛下にお伝えされていました。陛下はそのたび、ああ、うん、と仰いました」

「ああ、うん。そうだったか。参ったな」

朝ごはんはいつも、アリステアとふたりで食べていた。特に何を話すと言うでもないが、アリステアがニコニコ笑っているのを見ると、元気が出るのだ。アリステアが色んな話をしているのを、ぼんやり聞くのも好きだ。相槌はたいてい、「ああ、うん」で済ませていたが。

ひとりだと味気ないな。マクシミリアンは食事もそこそこに、離宮の庭に出る。王としての執務はない。一時荒れていた王宮も、フィリップが苦心しながら立て直していると聞いている。

老兵は死なず、消え去るのみ。そんな一節をどこかで読んだ気がする。身につまされる。今の状

況がまさしく、そうではないか。

「もう、誰かを助ける必要もないのか」

急に、世界が明るくなったような気がした。

「もう、無理して、できる王のフリをする必要もない」

できない自分を隠して、博愛の雰囲気でごまかして、王であるぞと。自分を大きく見せる必要は、もうないのだ。そのままの、空っぽのマクシミリアンで、許される。

「空っぽで、たったひとり。私の人生とは、なんだったのだろうか」

「兄上の人生は、これからは兄上と、アリステア様のためにあるのですよ」

振り返ると、弟のハインリヒが立っている。

「兄上、今までお辛かったことと思います。私に気が引けていることも知っていました。いつも、無理をなさっていることも。兄上は、素晴らしい王でした。私は心からそう思います」

「ハインリヒ。そなたの方が王に向いていると、分かっていたのに。何もできなかった。王位にしがみついた。浅ましいのだ、私は」

「違います、兄上。私は、王になりたいと思ったことは、ただの一度もありません。それに、向いているとも思いません。王という責務は、兄上だからこそ担えたのですよ。いつも必死で、できることを探し続けられた兄上だからこそ、できたことです」

「そうだろうか。そうだったならよいのだが」

「あがいて、苦しんで、でも外では笑って。博愛王として君臨された。誇ってください、ご自分を。

そして、アリステア様ともう一度向き合ってください。このまま、失いたくないでしょう？」

「アリステアを失うなど、バカな。そんなことが、あるのか？」

いつもそばにいてくれたアリステア。いなくなるなんて、あり得るのか？

先ほどまで輝いていた太陽が、厚い雲に覆われた。鳥の鳴き声が消える。風がやみ、空気がよどむ。世界から、色が消えた。

「とにかく、迎えに行く方がいいと思いますよ。そして、アリステア様に、ああ、うん、意外の言葉をかけてはいかがですか」

「そうか、そうする。ハインリヒの助言はいつも正しいから」

マクシミリアンは侍従に支度を命じ、大急ぎでユグドランド島に向けて出発した。先触れを出すことは、すっかり頭から抜けていた。

「アリステアに、何を言えばいいのだろう」

ずっと一緒にいすぎて、話すことなどない気がする。

「元気か。いい天気だな。髪を切ったのか。それとも伸ばしたのか。はて、アリステアの髪は、今どうだっただろうか」

「アリステア様は、肩より少し長いぐらいの髪でいらっしゃいます。ゆるく巻いて、まとめていらっしゃることが多いです」

頼もしい侍従が教えてくれた。そう、であったか。アリステアのことをよく見たことが、とんとなかった。最後にじっくり見たのは、いつだっただろう。

マクシミリアンはじっくりと思い出す。ふたりででかけたことは。そう、外交や夜会はいつもアリステアと一緒であった。だが、公務以外は、はて。

「公務以外でアリステアと外出したことはあっただろうか。思い出せぬが」

「フィリップ陛下がお生まれになってからは、一度もございません」

侍従の言葉にマクシミリアンは愕然とする。

「私は、何をしていたのだろう」

「国民を助けていらっしゃいました。大丈夫です、アリステア様もご理解くださっています」

侍従に言われて、少しだけ落ち着いた。侍従が言うなら、そうなのだろう。

「アリステアに、何を言えばよいだろうか」

弱気になったついでに、侍従に聞いてみる。侍従はいつも通り穏やかに返した。

「アリステア様にお会いになったときに、浮かんだ言葉を、そのまま仰ればよいと思います」

「分かった」

アリステアに初めて会ったのは、十歳のときのお茶会だったか。博愛スキル持ちということが明らかになり、未来の王妃にふさわしい婚約者探しが始まったのだった。アリステアは五歳下だから、当時は幼すぎた。お互い、愛だの恋だのをささやくような年齢ではなかった。

年に数回、年回りのいい令嬢たちとお茶会をしたものだ。アリステアがマクシミリアンの婚約者に決まったのは、アリステアのスキルが判明してからだ。正道スキル。これ以上、王妃にふさわしいスキルがあろうか。

アリステアは、厳しい王妃教育も朗らかにこなし、いつも笑顔を絶やさなかった。マクシミリアンが次々と妻を増やしても、ため息ひとつで受け入れてくれた。よくできた妻だ。最高の王妃だ。

「私は、アリステアにとって、いい夫だっただろうか」

とても、そうは思えない。思えなさすぎて落ち込むぐらいだ。

アリステアの立場になって、見てみると。マクシミリアンはクズ夫以外の何者でもない。何人もの妻をめとり、優しい言葉ひとつかけるでもなく、産後は放置。最低だ。

「捨てられるかもしれぬ」

「それは、ないとは言い切れませんが」

侍従が無情。

「いい点もございます。フィリップ陛下は、ドーラ様に一筋です。フィリップ陛下は、マクシミリアン陛下の女性関係に辟易（へきえき）されていらっしゃいましたから」

侍従がバッサリ。

「アリステア様に、思いを伝えられればよろしいかと。それ以外に道はございません。捨てられたら、そのときに考えましょう」

達観している侍従に励まされ、マクシミリアンは海を見て過ごすことにする。考えると、暗くなる。

たどり着いたユグドランド島。世界樹の下でくつろいでいるアリステアに、マクシミリアンは跪（ひざまず）いてかじりついた。恥も外聞もなく、すがりつく。

「ひとりぼっちはいやだ。許してくれ、助けてくれ、アリステア。君がいないと、私はダメなんだ」

アリステアはしばらく黙っていたが、フッと笑って、言った。

「仕方のない人だこと。許してはあげられないけれど。助けてはあげましょう」

おいおい泣くマクシミリアンを、遠い目をしながらなだめるアリステア。

こんな愛の形もあるんだな。でも、私は一途な人がいいな。こっそり思うマーゴットであった。

35.  それから

色んな国の社交界で、ユグドランド島のリゾートが話題に上がるようになった。

「お聞きになりまして？　猫島のこと」

「猫島といいますと、ノイランド王国の不毛の島のことですかしら？　確か、野良猫がたくさん港にいるとか。猫好きの間で話題に上がっておりましたわね」

「でも、野良猫でしょう？　野良猫はちょっとねえ。ノミやダニがいそうではありませんか」

貴婦人は、少しかゆそうにブルッと体を震わせる。

「それがね、巨大な猫様が現れたのですって。私たちより大きいんですって。モフモフなんですって」

「まあ」

猫好きのご婦人方が、一気に目を輝かせる。

「それって、魔物ですの？　危なくありませんか？」

「聞くところによりますと、どうも聖獣らしいのですわ。マーゴット第七王女をお守りしているのですって」

「まあ、素敵。私も猫様に守られたい」

「全力で同意いたしますわ。それでね、その聖獣猫様。マーゴット殿下をお守りするだけでなく、

リゾートホテルの宿泊客をおもてなししてくださるそうなの」

「詳しく」

いつの間にか夜会の会場の一角に、猫好き貴族女性の円陣が出来上がっている。

「お茶を運んでくださったり。特性の果物ジュースをオススメしてくださったりするんですって」

「んまあ。あのー、モフッと、ほんの少ーし、モフッとすることは、許されるのかしら」

お触り、大事。皆、口にはしないが、思いはひとつ。モフれない、見るだけ。それは、あまりにも、あんまりではありませんか。

「聖獣ですからねえ。どうかしら。でも、例えばですわ。チップを多めにお渡しするときに、両手でギュッッと」

ギュッと、肉球にチップを置きながら、上と下から両手で。ギュギュッと。うん、いいね。

「メニューを見ながら質問するときに、さりげなく腕をサワサワフワフワッと」

「わざとお水をこぼして、ドレスを拭いてもらったり。いけませんわ、なりませんわ。なーんてことが」

「椅子から立ち上がるときに、よろめいたフリをして、抱きついてみたり」

キャーッ　黄色い歓声があがる。

場末の酒場で女給をいかに口説くかで盛り上がる、酔っぱらいのおっさんの様相を呈してきた。

「わたくし、あらゆる伝手を使って、予約いたしますわ」

「わたくしも同行させてくださいませ」

「わたくしも」「わたくしもぜひ」

誰の伝手を、どう使えば効果的か。貴婦人たちの密談はいつまでも続く。

＊＊＊

アミーリャ帝国の皇宮の、それほど豪華ではない一室。ウィスキーをチビチビ飲みながら、リッキー・アミーリャ皇帝がつぶやいた。

「うまい酒が飲めるのか」

酒好きのリッキー皇帝、食指が動きまくっている。

「ナヴァロたちはまだノイランド王国で捕まったままだし。ノイランド王国との交渉はのらりくらり戦法でかわしてはいるが。行ってみたいものだ。うまい酒に魚釣り。休暇にピッタリだな」

カランカラン　リッキーはグラスの氷を鳴らして天井を見上げる。

「さすがに俺が行くのは無理だろうな。変装したからって、護衛が見逃してくれるとも思えん。はあー、つくづく面倒な立場だぜ、皇帝ってもんは」

コンコン　扉が開き、四男のレオンが入って来る。

「父上。昼間っからウィスキーですか。いいですね。俺も一杯」

レオンは父の了解を待たず、勝手に自分でグラスにウィスキーを注いだ。リッキーは、自分には似ず、妻とそっくりなレオンを見つめる。

「レオン。お前な、ユグドランド島に行って、マーゴット王女を口説いて来い。そろそろ、お前もひとりの女性に落ち着いてもいい頃合いだろう」

方々で浮名を流すレオンは、美しい顔にかすかに微笑みを浮かべた。

「マーゴット王女はなかなか手ごわい女性だというウワサですが。やれるだけやってみましょう。うまくいけば、ナヴァロを解放してもらえるかもしれませんしね」

レオンのからかうような口調に、リッキーはむっつりと黙り込む。レオンはグラスを掲げる。

「親父殿の、忠実なる犬に」

「あれは、狼だ」

リッキーは仏頂面でグラスを掲げ、クイッと飲み干した。

＊＊＊

ユグドランド島では、マーゴットがせっせと草刈りをしている。

「マーゴット、少し休憩したら？」

トムがバナナジュースを持って、やってきた。マーゴットはありがたく受け取って、ひと息つく。

「マーティンさんが言ってたけど、ホテルに泊まりたいって手紙がガンガン届いてるんだって。よかったよなあ、うまくいきそうで」

「いいお客様だといいわねえ。おかしな人が来たら、困っちゃうわね」

「事前に調べて、変な人は断ればいいんじゃないの」

「断れるぐらいの身分の人ならいいけれど。そうじゃないと、どうかしら」

「あ、そういえば、レオン第四王子ーってマーティンさんが叫んでたぞ」

「レオン第四皇子？　アミーリャ帝国の？　ええー、あの人、すごい女好きで女たらしってウワサよ。いやだー」

「帝国なんだ。じゃあ、皇子様か。面倒だな。マーゴットに色目使いに来たら」

うーん、トムが眉間にシワを寄せて腕組みをする。

「刈るわよって言えばいいんじゃない」

「何を？」

「さあ、何かしら。それは、そのときの気分次第ね」

マーゴットがいたずらっぽく言い、トムがプッと噴き出す。

「マーゴットなら大丈夫か。俺も、がんばる」

何をかは言わなかったが、マーゴットは少し赤くなった。ふたりの後ろで、お世話猫ツァールが涙ぐんでいる。

ユグドランド島は、平和だ。今のところは。

36. 待てる男、トム

　トム・アッカード、二十歳。花の咲く時期を調整できるという、庭師にもってこいのスキルを持っている。十年前、スキルが明らかになった時点で、王宮の庭園で働くことが決まった。土を柔らかく耕せるスキル持ちの父が、王宮の庭師として働いていることも大きかった。

　元々、庭師になりたかったトムは、大喜び。十歳のときから、父と一緒に庭師として働いている。マーゴットと知り合ったのも、その頃だ。

　第七王女だけど平民の母を持つマーゴットは、普通の王族とは大分違った。母リタが、堂々とパン焼き係をしていることも、マーゴットの特異さの原因だったのかもしれない。

　マーゴットはよく、リタが焼いたパンを、庭の片隅に隠れて食べていた。大急ぎで詰め込んだのだろう。目を白黒しているマーゴットの背中を叩き、水を飲ませ、世話を焼いたのがきっかけで、仲良くなった。

「今日は王国の歴史を勉強しました。建国のあたりがぼんやりしていて、よく分かりませんでした」

「七歳でそんなことまで勉強するの？　王女様は大変だなあ。はい、これ」

　つぼみの白い花をマーゴットにあげる。少し力をこめると、ふわあっと花弁が開く。マーゴットの疲れた顔が、パアッと明るくなった。

「うわあ、すごーい。トム、ありがとう」

「これね、デイジーとかマルガリーテっていう名前の花。マーゴットの花だよ」

「私の花」

マーゴットの目がまんまるになる。

「真実の友情っていう花言葉があるんだ。俺とマーゴットみたいだろ」

「ほんとだね」

トムは、心に秘めた愛という別の花言葉は、言わなかった。マーゴットは七歳、トムは十歳。まだ子どもだし。まだ早いし。マーゴットがビックリするじゃないか。


「今日はダンスを習ったの。足が痛くなっちゃった」

マーゴットは口を震わせながら、靴を脱ぐ。靴下に赤い血がにじんでいる。

「血が出ているじゃないか。どうして先生に言わなかったの」

「だって。言えないよ、そんなの。お姉さまたちはもっと小さいときから、上手に踊れたんだって」

「ちょっと待ってて」

トムは急いで庭の片隅にいき、ヨモギを摘み、水で丁寧に洗った。

「靴下脱いで。ヨモギを貼ってあげる。血が止まるよ」

マーゴットがモゾモゾと靴下を脱いでいる間に、ヨモギをもんで少し汁気を出す。ペロンと皮がめくれた小指とかかとにヨモギをそっと貼りつける。マーゴットは顔をしかめたが、唇を噛んで我慢している。

「しばらくしたら痛みもなくなるから」

「ほんとう？」

「うん。何度か取り換えよう。明日はダンスはやめなよ」

「うん。でも、次の舞踏会までに踊れるようにならなきゃいけないの」

「俺が教えてやる。ここで、裸足で練習すればいいじゃん。芝生だから柔らかいよ」

「トム、踊れるの？」

「踊れないけど。誰かに頼んで覚えてくるから」

庭師仲間に頼み込んで、王宮で働いている下級貴族を紹介してもらった。

「あの、お礼ってどうしたらいいですか」

「君さ、花を咲かせられるんだって？　好きな女の子がいてさ。その子にせっせと花を贈ってるんだけど。高くつくから」

「実験用の花壇があって、そこなら庭師も勝手に花摘んでもいいんです。それを七分咲きぐらいにしてお渡ししましょうか？」

「めっちゃ助かる。マジで。ありがとう」

貴族なのに気さくで言葉遣いもざっくばらん。彼のおかげで、トムは男性と女性どっちの踊りも習得できた。

「どうして女性側の踊りもできるんですか？」

「そりゃあ、その方がモテるからに決まってるだろ。女性側の踊りが分かっていたら、上手に導いてあげられるだろ。気持ちよく踊らせてあげたら、モテるからね」

「師匠、勉強になります」

師匠に、「そろそろいいんじゃない」と後押しされ、トムはソワソワとマーゴットを待つ。マーゴットはいつも通り、少し疲れた顔で庭にやってくる。高い生垣（いけがき）に囲まれた、トムとマーゴットとの場所。

「お姫さま、俺と踊っていただけますか」

トムは鮮やかなピンクのダリアの花を、そっと差し出す。みるみる花開くダリアの花に、マーゴットは手を叩いて喜んだ。トムはダリアをマーゴットの髪に挿（さ）す。

「美しいお姫様が、もっと素敵になったよ」

マーゴットはどんな花よりかわいらしい笑顔を見せる。

「さあ、お手をどうぞ。お姫さま」

「お姫さまって呼ばれるの、好きじゃないわ。マーゴットって呼んでよ」

「では、お手をどうぞ。マーゴット」

「ありがとう。トム」

マーゴットは、恥ずかしそうに手を乗せると、靴をポイッと脱ぎ捨てる。ふたりは、疲れも忘れて、いつまでも踊った。

「これで、舞踏会には間に合ったね。みんながビックリすると思うよ。あの可憐（かれん）で、踊りの素敵なお嬢さんは誰ですかって」

「あら、私、舞踏会では踊らないわ。トムとしか踊りたくないもの。立派な壁の花になってくるわね」

「マーゴットなら、誰よりも美しい壁の花になるよ」

ふたりで笑い合う。


草刈りという、王女らしくないスキルのおかげか。年頃になってもマーゴットに婚約話はこなかった。ただの平民のトムには、なにもできない。マーゴットのせめてもの息抜き相手になるだけだ。トムが気持ちを伝えたら、マーゴットは困ってしまうだろう。だから、決して一線を踏み越えてはならない。今のままでも十分、トムは幸せなのだから。

でも覇王フィリップの横暴が、トムに一世一代の機会をくれた。王都から離れ、のびのびと暮らすマーゴット。

もしかして、ひょっとして。そう思うこともある。でも、まだ早い。まだ言えない。トムはじっと待つ。マーゴットの心の花が、咲きたいと語るそのときを。それだけは、自然に任せたいと思うトム。


「トム、何ボーッとしていますの？　ほら、せっかく私が草を刈ったのですから。素敵な花の種でもまきましょうよ。海が見える花畑っていいと思うのよね。恋人たちのデートにピッタリな場所にしたいの」

マーゴットが草刈りハサミを抱えて、トムを見つめている。朝日に照らされて、キラキラと輝く笑顔。ああ、君はなんてまぶしいんだ。トムは胸が苦しくなる。

「いいね。何を植えようか」

「私の花がいいわ。マルガリーテをたくさん咲かせましょう。真実の友情、心に秘めた愛、真実の愛。そんな花言葉があるんですってね」

マーゴットが得意げに言う。

「知ってたの」

「知ってるわよ。私を誰だと思っていますの」

マーゴットは偉そうに両手を腰に当てて、わざと高飛車な表情を作ってみせる。トムは一歩マーゴットに近寄った。

「たくさんのマルガリーテを咲かせるよ。マーゴットへの真実の愛だ」

「待っているわ、楽しみね」

トムは風に吹かれて顔にかかっているマーゴットの髪を、そっと後ろに流す。マーゴットはためらうことなく、大胆に、トムの首に両腕を回した。トムは、マーゴットに優しくキスをする。ふたりの後ろで、勝手に真っ白なマルガリーテがどんどん生え、花開いた。

青い空、緑あふれる島、鳥がさえずり、ミツバチがブンブンし、コボルトが吠(ほ)える。お世話猫はそっとマーゴットの手から草刈りハサミを取り、ハンカチでモフモフの目頭を押さえている。

甘いマルガリーテの香りに包まれて、トムとマーゴットは、恋人になった。

あとがき

「石投げ令嬢」に続き、3冊目の書籍です。お手に取っていただき、お礼申し上げます。

小説家になろうに投稿していた短編を、長編化して書籍化することが決まったのが、2023年7月です。色んな大人の事情で、最速で書籍化しようということになり、7月に10日で10万文字を書きました。大変でした、本当に。

毎日1万文字書いて、担当編集者さんに送ると速攻で改稿指示をくださり、うなりながら直して続きを書くという。全力疾走バトンリレーの10日間でした。プロの編集者ってすごい、ありがたい、そう思ってばかりです。中溝諒さん、心から感謝しております。

そして、発売が2024年3月。あれ？ 最速とは？ 中溝さん？ いや、きっと色んな事情があったんですよね。うんうん。無事に発売されるなら、無問題でございます。

ドイツに住んで約10年、仕事という面ではなかなか苦労しております。ドイツ語がつたない40代の日本人女性、しかも小学生の子どもがいるシンママ。何十苦でしょうか。

スーパーのガラス張りの寿司コーナーで、お客さんに見られながら寿司を握って売るのを2年。突然の雇止め。幸い、すぐ日系企業の社長秘書に内定をいただいたのですが、子どものお迎えで時短になるのがやっぱ困るとドタキャンされ。

落ち込みつつも、一念発起して小説家になろうに投稿したところ、2か月後に中溝さんからスカウトされました。捨てる神あれば拾う神ありですね。

小説を書きながら、仕事を探し、また日系企業で事務職に就けたものの。ジャバザハットみたいなドイツ女性のお局にいじめられ、心と体を病みかけ、3か月で辞めました。今はビルの清掃の仕事をしています。時給13ユーロ、時間の融通が利く、体を動かすから健康的、同僚が優しい。ということで、今はとても満足しています。

いいことも辛いことも、順番にやってくるなあと。もし、今しんどい方がいらっしゃったら、次はいいことがやってくるかもしれません。おいしいものを食べて、辛いことはやりすごして、次のいいことを受けとめてください。

ハズレスキルで追放されても、真面目に働いていたら報われる。そんなことが、あるといいなと思って書きました。皆さんに、いいことがたくさんありますように。

村上ゆいち様、「石投げ令嬢」に引き続き、素晴らしいイラストを本当にありがとうございます。マーゴットのツインテールと、かっこいい草刈りハサミにしびれました。

そして最後に、いつも支えてくれる家族親族、友人、元同僚の皆さん、大感謝！

みねバイヤーン

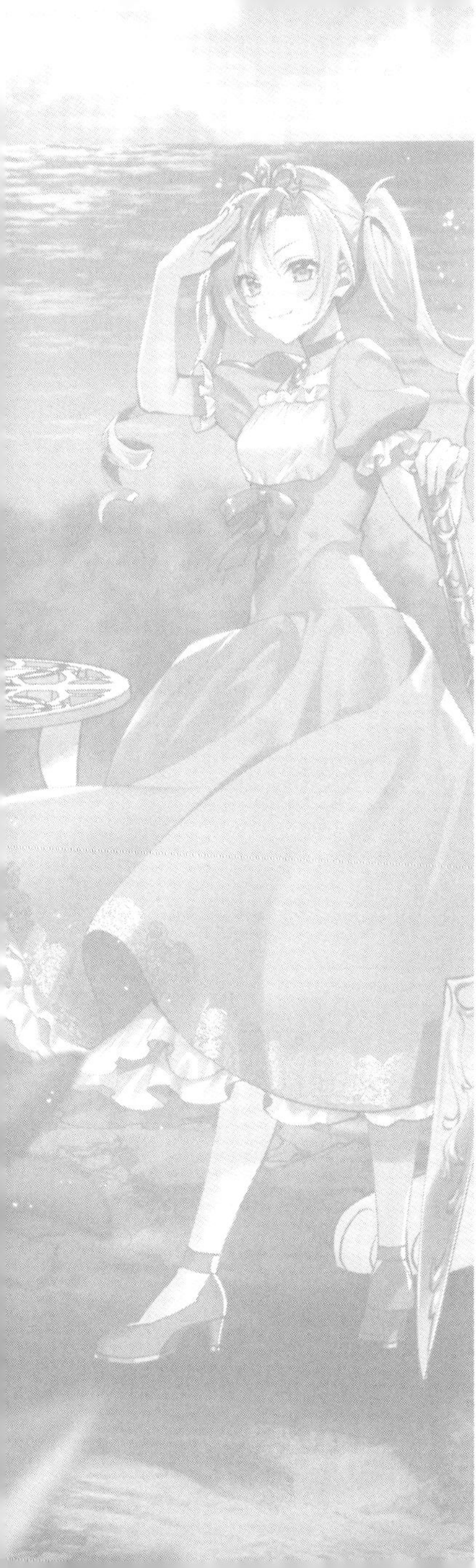

ハズレスキル《草刈り》持ちの役立たず王子、気ままに草を刈っていたら追放先を魅惑のリゾート島に開拓できちゃいました

2024年3月31日　初版第一刷発行

著者　みねバイヤーン
発行者　小川 淳
発行所　SBクリエイティブ株式会社
〒105-0001　東京都港区虎ノ門2-2-1

装丁　AFTERGLOW
印刷・製本　中央精版印刷株式会社

ISBN978-4-8156-2444-6
Printed in Japan

ファンレター、作品のご感想をお待ちしております。

〒105-0001　東京都港区虎ノ門2-2-1
SBクリエイティブ株式会社
GA文庫編集部 気付

「みねバイヤーン先生」係
「村上ゆいち先生」係

本書に関するご意見・ご感想は
下のQRコードよりお寄せください。
※アクセスの際に発生する通信費等はご負担ください。

家族に売られた薬草聖女のもふもふスローライフ2

著：あろえ　画：ゆーにっと

「薬草のことで協力要請……？」

祖母が残した形見の薬草と共に獣人のリクの元に嫁いだレーネは、薬草の栽培や農園の開拓をしながらお屋敷に住まう獣人たちと充実した日々を過ごしていた
そんなある日、国王に謁見するために訪れた王都で、同じ植物学士のエイミーと出会いヒールライトを栽培できるように彼女を育てて欲しいと依頼される。

「レーネさん、すごいわ！　本当に薬草と対話しているのね！」

エイミーに薬草栽培の指導をするなか、絶妙な距離感を保っていたリクとの恋模様も進展し、ふたりの関係にも変化が訪れる――。第二の人生は辺境地でほのぼの生活を満喫する！

もふもふいっぱいのスローライフファンタジー、第2弾！